http://www.bbulmedia.com

지금, 우리 동네에는

NOW, MY NEIGHBORHOOD

지금,
우리
동네에는

1판 1쇄 찍음 2014년 1월 23일
1판 1쇄 펴냄 2014년 1월 28일

지은이 | 진 솔
펴낸이 | 정 필
펴낸곳 | 도서출판 **뿔미디어**

편집장 | 이재권
기획 · 편집 | 윤영상
편집디자인 | 이진선

출판등록 | 2002년 9월 11일 (제1081-1-132호)
주소 | 부천시 원미구 상3동 533-3 아트프라자 503호 (우)420-861
전화 | 032)651-6513 / 팩스 032)651-6094
E-mail | bbulmedia@hanmail.net
홈페이지 | http://bbulmedia.com

값 8,000원

ISBN 978-89-6775-996-4 04810
ISBN 978-89-6775-434-1 04810 (세트)

NOW, MY NEIGHBORHOOD

BBULMEDIA FANTASY STORY

진솔 현대 판타지 소설

5

〈완결〉

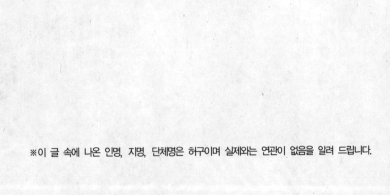

목차

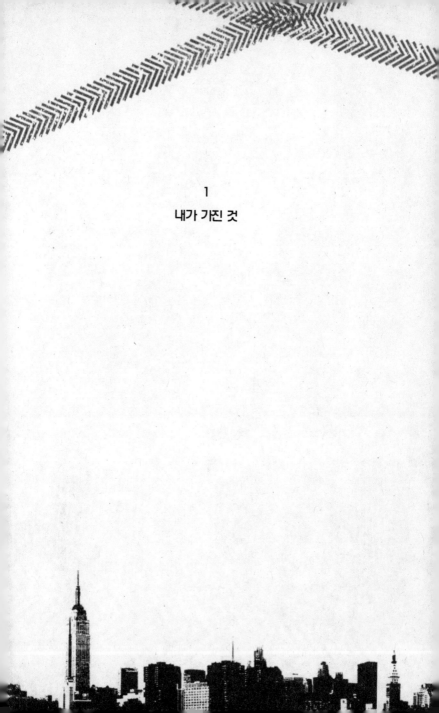

1
내가 가진 것

"그럼 슬슬 본론으로 들어가 볼까?"

고개가 휘청거렸음에도 불구하고 자연스럽게 뒤통수를 쓸어내리며 입을 여는 신의철을 보면서 나를 비롯한 세 명은 묻고 싶은 게 많아졌지만, 여전히 서류철을 들고 그의 뒤통수를 노려보는 김서영을 보자 약속이라도 한 듯 조용히 입을 다물었다.

"흠. 그래, 무엇부터 말해 줘야 할까나?"

개인적으론 묻고 싶은 게 정말 많았지만, 현 상황에 대해 신의철이 아는 바가 얼마나 되는지, 내 힘에 대한 비밀을 알고 있는 것인지, 판단할 수 있는 기준이 전무했기에 혹시나 그에게 역으로 정보 제공을 할까 싶어 나는 입을 꾹 다물었다.

뭐, 여기까지 와서 너무 경계한다는 생각이 들기도 했지만 어쩌겠는가, 지금 상황이 이런데.

'회사 사장이라고 방심하기엔 내 주변에 일어나는 일도, 나 자신과 관련한 일도 의심스럽지 않은 게 없으니까.'

요 몇 주간 일어난 많은 사건들은 내가 히어로가 돼서 몇 년간 들어 본 전례조차 없는 일들이었던 만큼 배후가 누구일지, 그 누구도 믿을 수 없는 게 현실.

지금은 이렇게 사람 좋은 얼굴을 하며, 멍청한 행동을 하고 있지만 히어로 컴퍼니의 사장이라는 위치에 있는 만큼 절대 만만한 사람이 아닐 터, 어쩌면 지금 눈앞에 있는 신의철이 여태까지 모든 일의 배후일 수도 있는 것이다.

물론 장원삼의 표정을 보건데 그가 여태껏 모셔 온 사람이 신의철인 듯싶었지만, 그것만으로 혐의를 벗기엔 불충분했다.

'여태껏 장원삼의 상사는 쫄쫄이나 장보고가 말하던 사람이랑은 다르다고 가정하긴 했지만…… 내가 그에 대해 정확히 모르는 이상 확신은 금물이지.'

이중신분일 가능성은 희박하나, 회사의 사장 정도 되면 불가능한 일만은 아닐 것이다.

"그래, 우선 나에 대해 의심을 하고 있겠지? 지금까지 벌어진 일이 우연으로만 치부하기엔 이번 싸움의 경우엔 위험한 편이었으니까."

흠칫!

'나의 생각을 읽는 건가?'

현실적으로 생각하자면 그가 나의 심리 상태를 짐작했다고 생각하는 게 쉽지만, 명색이 사장 직급의 히어로. 어떤 초능력이 있다고 해도 놀랄 일은 아니다.

"뭐, 생각을 읽거나 그러는 건 아니야. 그저 상대의 기색을 파악하는 게 조금 더 빠를 뿐이지. 그래! 눈치가 빠르다고 하면 좋겠군."

입 밖으로 튀어나온 것이 아무것도 없음에도 불구하고, 자연스럽게 말을 이어 가는 그를 보면서 나는 게슴츠레 눈을 떴지만, 이런 반응을 보이는 것은 나와 미오뿐.

장원삼은 물론이고 여전히 서류철을 들고 신의철을 쏘아보는 김서영의 자연스런 태도를 봐서는 거짓은 아닌 듯싶었다.

'뭐, 나로선 나쁠 건 없지. 모든 생각이 읽히는 건 아무래도 불쾌하니 말이야.'

"그래, 일단은 나에 대해 설명도 할 겸 해서 이번 일에 관해 설명도 하고…… 의심을 풀기 위해 자네와 관련한 이야기를 조금 알려 주도록 하지."

그렇게 그 누구의 대답도 없이 본인 혼자 생각하고 대답하기 시작한 그는 줄줄이 이야기를 쏟아 내기 시작했다.

"우선 나에 대해 다시 소개하자면 자네의 회사 사장 신의철이야. 이름은 들어 봤을지도 모르겠지만 실물은 처음이지? 그래그래, 꽤 놀랐을 거야. 의외로 젊고, 잘 빠지고, 잘생겼으니 말이야."

스윽—

말 한마디가 끝나기 무섭게 신의철의 정수리를 향하는 서류철의 모서리를 보면서 나는 잠시 고민을 거쳐 일단 살려 놓자는 생각으로 맞장구쳐 주기로 했다.

"뭐, 크게 놀란 건 아니지만 확실히 예상 밖이긴 하네요."

스윽—

"……착하구나 너?"

내 대답에 조용히 원래 자리를 찾는 서류철을 느낀 건지 신의철은 굉장히 의외라는 눈으로 나를 바라보며 말했다. 하나 착하다, 라는 말에는 동조해 주기 힘들었다.

'착해? 내가? 그건 아니지.'

어디까지나 사장이 생각보다 훨씬 젊다는 점에 대해서 '만은' 실제로도 조금 놀랐기도 했고, 이야기도 더 들으려면 일단 살려야겠다는 생각에 겸사겸사 동조해 준 것일 뿐이다.

"완전히 예상치 못했냐면…… 그건 아니지만, 생각보단 젊다는 점에서 놀랐다는 겁니다. 사장이란 직급이 초능력의 크기로 정해지는 것이라면 당신 같은 사람이 사장이란 것이 이해가 안 가는 건 아니니까요."

초능력의 발동에 필요한 정신 에너지란 것은 나이를 많이 먹을수록 쇠퇴하는 만큼, 초능력을 기준으로 사장을 선별한 것이라면, 젊은 사람이 사장 자리에 있는 게 이상한 건 아니었으니 말이다.

"……흠, 그래?"

이런 내 말에 순간 날카롭게 눈을 빛내는 신의철을 보면서 그가 나에 대해 이른바 간 보기를 하고 있다는 것을 알 수 있었다.

최근 나를 평가하는 듯 훑어보는 시선을 많이 받아 어느 정도 면역이 생기긴 했지만, 그래도 이렇게 대놓고 시선을 받자니 기분이 별로 좋진 못했다.

'게다가 나를 이렇게 쳐다본 사람들 치고 그 결과가 좋았던 선례가 한번도 없었으니까.'

쫄쫄이와 장보고 때는 물론, 매일 나를 감시하던 장원삼과도 그리 친한 사이는 아니었고, 이번 싸움도 나를 감시하던 자들과의 싸움이 아니었던가.

하지만 내가 이에 대해 반항할 입장도 아닌데다, 이래저래 들어야 할 게 많았기에 나는 이 불편한 시선에 대해 잘 머릿속에 담아 두기로 하고 나 역시 적당히 눈을 마주치는 것으로 끝냈다.

"그래, 그 정도로 파악이 가능한 '눈'이라면 신입 히어로들 중엔…… 확실히 괜찮은 편이네."

그렇게 말하며 씨익 웃어 보인 신의철은 이번에야말로 본론이라는 듯 짝 소리가 나게 박수를 치며 주변을 환기시켰다.

짝!

"그래, 그럼 진짜 이야기를 시작하지. 그리고…… 모든 걸 말해 주기에 앞서 한 가지 확인할 게 있어."

"……?"

내가 의문을 담에 다시 한 번 그의 눈을 마주하자 이젠 장난기가 가신 두 눈이 나를 직시해 왔다.

"내 조사 결과에 따르면…… 뭐, 그럴 리는 없지만, 일단 묻고 싶군. 자넨 파벌에 소속되어 있나?"

"……파벌?"

"흠, 이쪽 방면으론 아예 모르는 것 같군."

그는 조금은 곤란하다는 듯, 그리고 한편으론 다행이라는 듯 고개를 주억거리며 나에게 간단한 설명을 해 줬다.

"파벌이란…… 즉, 말 그대로 회사 내에 존재하는 파벌

지금, 우리 동네에는

을 일컫는 말이지, 회사에는 크게 총 두 개의 파벌이 존재하는데, 하나는 여태까지의 히어로로서 본분에 충실하자는 쪽이 뭉친 것이고, 다른 하나는 시대가 바뀌면서 태어난, 조금 더 현실적이고 이익이 되는 쪽으로 살자는 히어로들이 뭉친 곳이지."

'파벌이라…… 전자는 확실히 이해가 가지만 후자는 잘 모르겠군. 저런 것으로도 파벌이 생길 수가 있는 건가?'

사람이 이익을 쫓고 추구하는 것은 당연한 일.

그것은 히어로들이라고 해서 다를 게 없는 일이니만큼 그들이 이익을 바란다고 해서 그게 파벌이 된다는 것이 이해가 되지 않았다.

'일종의 노조 같은 게 생긴 건가?'

히어로 직종의 특성상 그럴 리가 없다는 것을 빤히 알지만 지금까지 나온 단어를 조합했을 때 떠오르는 것은 노조밖엔 없었다.

"아, 미리 말하는 건데 노조 같은 게 아니야. 말 그대로 히어로의 힘을 조금 더 이익이 되게 활용하자는 쪽이 모인 것일 뿐이니까."

"……조금 더 설명이 필요할 것 같네요."

내가 알고 있는 정도로는 회사 내의 파벌에 대해선 더 이상 추리가 불가능했기에 그냥 신의철에게 자세한 설명을 요구하기로 했다.

"그래, 그 말을 기다렸지! 자넨 스스로 머리를 쓰는 걸 좋아하는 편인 것 같지만, 굳이 쉬운 길을 두고 돌아갈 필요는 없어."

"돌아간다라…… 부정하진 않겠습니다."

나는 최대한 신의철과 일정 거리를 두기 위해, 그리고 그가 말하는 것의 이면에 혹시라도 감춰진 정보가 있을까 싶어 고민을 하는 것이지만, 그가 보기엔 그냥 머리 쓰는 걸 좋아하는 것으로 보였나 보다.

"뭐, 표정을 보아하니 썩 마음에 드는 말은 아닌가 보군. 어쨌든 자세한 설명을 하자면…… 본분에 충실하자는 쪽은 지금의 현상을 유지하자는 사람들이라고 보면 돼. 그들은 여태껏 그래 왔던 것처럼 현실에 함께하되, 철저히 우리를 감추자는 의견이고…… 다른 한쪽은 말 그대로 우리의 힘을 이익을 위해 사용하자는 쪽이지."

"……히어로의 모습으로 전면에 나서고 싶다는 건가요?"

"뭐, 그쪽 계열에서도 꽤나 급진적인 경우에 속하지만, 그런 이들도 종종 있는 것 같더군. 하지만 그들도 머리가 있는 만큼, 느닷없이 우리가 정체를 드러내면 일어날 사회적 혼란을 알고 있는 탓인지 그런 주장을 하는 경우는 드물어. 그들이 주로 주장하는 것은 모습이 드러나지 않은 상태에서 우리의 하이테크놀로지를 이용한 장사나, 초능력을 이용한 사업을 하자는 쪽이지."

"……앞선 기술과 드러나지 않는 초능력으로 사회를 움직이는 뒷배가 되고 싶다는 말로 들리는군요."

"그런 의도도 있는 것 같지만…… 그들을 결정적으로 움직이게 하는 것은 결국 돈이라고 생각해."

"돈이라……."

하긴, 히어로가 좀 박봉이긴 하지.

현대 사회에 있어 돈의 가치가 계속해서 상승하는 것을 생각하면 그들이 그런 생각을 하는 것도 무리는 아니라고 생각된다.

회사가 사업을 하며 생겨나는 새로운 계급은 노력 여하와 관계없이 초능력의 크기로 정해지던 상황을 벗어나게 해 줄 것이고, 본인의 노력과 능력에 의해 새롭게 생겨날 계급은 이전과는 다른 수입을 보장해 줄 테니 말이다.

이번 달 월급만 보며 허덕이는 입장에선 꽤나 공감이 가는 이야기랄까?

"그렇다면 구, 신세대…… 히어로들 간의 파벌이라고 보면 쉽겠군요."

흠칫!

"……꽤나 독특한 추리를 하네? 하지만 상당히 근접했어. 각 파벌을 이루는 주요 인원들은 각각 구세대 인물들과 신세대 인물들이 대부분이니."

독특한 추리라고는 했지만, 특별할 것 없는 이야기다.

지금껏 꾸려 온 것을 지키길 원하는 이들과, 새로운 것을 원하는 이들의 이야기는 비단 이 회사만의 사정은 아니니 말이다.

'게다가 옛날부터 히어로를 해 온 이들과 지금 새롭게 히어로가 된 이들의 가치관이 같을 수는 없을 테니 당연한 일이지.'

"거기까지 이해했다면 파벌에 관해서는 더 이상 큰 설명이 필요 없을 것 같긴 하지만…… 이번에 건에 관해 설명을 위해 추가적으로 몇 가지 덧붙이자면 현재 두 파벌의 힘은 거의 대등하고, 이번 마법 소녀 프로젝트는 단순히 그들의 효용성과 관련한 것만은 아니란 점이지."

마법 소녀 이야기가 나온 탓일까.

여태껏 가만히 우리의 이야기를 듣고만 있던 미오의 눈이 동그랗게 변하며 손가락으로 자신을 가리켰지만, 나는 신경 쓰지 말란 듯이 조용히 고개를 흔들며 말했다.

"……대충 알 만하군요."

"호오, 자넨 정말 날 놀라게 하는군."

굉장히 흥미롭다는 눈으로 나를 보는 신의철이 꽤나 부담스럽긴 했지만, 좀 전에 말한 파벌과 연관 지어 생각한다면 애당초 그리 어려운 이야기가 아니었다.

'게다가 둘의 힘이 비슷한 수준이라면⋯⋯ 두 세력 모두 당연히 외부로부터 힘을 끌어들일 생각을 했을 테지.'

두 파벌 모두 각자 국내에서 포섭할 수 있는 인원은 대부분 흡수를 했을 터.

그렇다면 당연히 눈을 두는 곳은 한정된 국내 시장이 아니라, 밖에 있는 곳이 될 것이고 이번 마법 소녀프로젝트는 일본 쪽 회사의 힘을 자신들 편으로 끌어올 수 있는 절호의 기회였으리라.

그러기 위해선 누가 뭐래도 이번에 일본 히어로의 대표로 파견된 마법 소녀들에게 가까이 갈 필요성이 있었을 테고, 다른 마법 소녀들은 어떻게 되었는지 모르지만, 그 어느 곳에도 속하지 않은 내 곁으로 할당된 미오는 가장 공략하기 쉬운 먹잇감이었으리라.

하지만 그렇다면 다시 의문이 생긴다.

"그렇다면 어째서 회유가 아닌 '강경책'이 된 거죠?"

"호오, 그건 말이지⋯⋯."

나의 질문에 다시 한 번 눈을 빛낸 신의철은 생각을 정리하는 듯 말을 줄였고, 나는 이번에 나에게 일어난 일이 두 파벌이 벌이는 고래 싸움에 새우등 터진 상황임을 다시 상기했다.

'힘이 같은 고래는 덩치를 불리기 위해서 하나라도 새우를 섭취할 필요성이 있지. 그렇다면 대외적으로 C급인 나는 포섭하기 쉬운 먹잇감일 터. 먹으려 들지 않고 굳이 제거해 가면서 목표를 달성하려 한 이유가 있을 텐데……'

내가 거기까지 생각했을 때 할 말을 정리한 것인지 신의철이 잠시 숙였던 고개를 들며 물었다.

"좀 전 질문에 대답하기에 앞서…… 자넨, 스스로의 능력에 대해 얼마나 알고 있나?"

흠칫!

뜬금없는 질문이긴 하나 신경 쓰고 있던 부분을 파고든 탓일까?

아까 나를 떠보는 눈을 보면서 반응에 조심해야겠다는 생각을 의식 저변에 갖고 있었으면서도 그의 말을 듣는 순간 나도 모르게 몸을 떨고 말았다.

'일단 뭐라도 대답을 해야겠지.'

내가 가진 능력, 그것은…… 솔직히 말하자면 나 스스로도 정확히 알지 못하는 미지의 힘이었다.

여태껏 잡다한 기능을 지닌 조금 특별한 불의 능력자라고 생각해 왔지만…… 최근 내가 벌인 일들을 생각하면 사실상 그 정도 수준은 한참 벗어난 상태.

이젠 내가 불의 능력자가 맞는지조차 의심이 가는 상황이었다.

'정리하고 보니 더욱 모르겠군.'

그렇기에 내 대답은 상당히 원론적일 수밖에 없었다.

지금 우리 동네에는

"그야…… 불의 능력자라는 것 정도…… 그리고 남들보다 몸이 '조금' 강하다는 정도?"

"흐음…… 그래, 본인도 완벽하게 자각하는 것은 아닌가 보군."

"……?"

그는, 내 능력이 정확히 무엇인지 파악하고 있다는 건가?

하지만 그의 얼굴에 어렴풋이 나타나는 아쉬움을 보건대 그런 것은 아닌 것 같았다.

"우선 우리 측에서 파악한 자네의 능력을 간단하게 정리해 주지. 자네의 능력은 불이 아니야, 임시로 붙인 이름을 주자면…… '활성화'가 자네의 능력이지."

"활성화?"

"그래, 자네의 불꽃도, 자네의 끝없이 성장하는 몸도……그 활성화 능력 덕분이라고 볼 수 있지."

'내 능력이 일반적인 능력은 아닐 거라고 생각했지만……이런 듣도 보도 못한 것일 줄은 몰랐군.'

생각지도 못한 정보였기에 잠시 고민해야 했지만, 주관이 들어가기 힘든 정보라는 생각에 그의 말을 선별하기보다는 일단 수용하기로 방향을 잡고 나에게 주어진 정보에 관해 고민하기로 했다.

'활성화…… 단어의 의미를 모르는 것은 아니지만, 명

확한 무언가를 떠올리기엔 모자라다.'

그런 내 기색을 읽은 것인지 신의철은 자연스럽게 말을
이었다.

"아직 잘 감이 안 잡힐 테지? 여태껏 불의 능력에 성장
형 육체 강화 능력이 있다고만 생각해 왔을 테니, 괴리감
도 클 테고 말이야…… 그러니 간단하게 몇 가지 예를 들
어 설명해 주지."

그는 나를 보며 다시 씨익 웃고는 질문을 던졌다.

"자네는 주변 공기를 덥힐 수 있지?"

"……?"

이번에야말로 정말 뜬금없고 저의를 알 수 없는 질문에
내가 눈을 게슴츠레 뜨자 신의철이 이번엔 구체적인 예를
들어 다시 질문했다.

"음, 그러니까 최근에 미오 양과 함께 무술 연습을 하면
서 그녀의 발밑에 공기층을 만드는 방식을 사용하지 않았
나?"

"네."

그야말로 최근의 일이었기에 나는 망설임 없이 대답했
다.

그러자 신의철은 한층 짙어진 웃음으로 또 한 번 질문을
던졌다.

"편의점에서 일하면서 몰려든 손님을 편의점의 온도를

올려서 쫓아내기도 했고 말이야?"

"……네."

단 몇 주지만 그래도 꽤 시간이 지난 일인데다, 나로선 굉장히 사소한 기억이라 떠올리는데 시간이 걸렸으나, 분명 그런 기억이 있었다.

'그날이 아마 장원삼 저 녀석이 알바를 시작했을 무렵이었지? 저 녀석 때문에 사람이 너무 몰려서 쫓아낸 걸로 기억하니까.'

내가 거기까지 기억을 되짚어갔을 때 신의철이 또 다른 질문을 던졌다.

"그리고…… 자네는 정신 에너지로 세포 활동을 왕성하게 '활성화' 해서 육체를 치유하지 않나?"

'육체에 열을 더해 세포를 활성화시키는 걸 말하는 건가?'

끄덕—

나는 무언가 알 것만 같은 기분에 눈을 살짝 찌푸리며 조용히 고개를 끄덕였다.

"그래…… 조금 감히 잡히나?"

"……조금."

하지만 그야말로 '조금' 감히 잡혔을 뿐, 내가 납득한 것은 아니었다.

지금 열거한 능력들은 모두 불을 다룰 수 있는 능력자라면 누구나 할 수 있는 '기초적인' 능력의 활용이니 말이다.

역시나 나의 이런 기색을 읽어 낸 신의철이 입을 열었다.

"그래, 자네의 기준에선 그게 상당히 쉬운 일인 거 같더군."

'내 기준에선?'

꽤나 모호한, 마치 나만 할 수 있는 것이라는 듯 말하는 그의 말을 들으며 눈살을 찌푸리자 곧장 말이 이어졌다.

"뭐, 단도직입적으로 말하자면…… 그건 자네 '만' 할 수 있는 특별한 능력이야."

"……하지만 제가 사용한 모든 능력은 아주 기초적인 과학 상식 수준의 활용입니다만?"

"그래, 바로 그게 특별하단 거지!"

나는 도저히 이해가 불가능한 그의 말에 설명을 요구하는 시선을 보냈다.

"우선 자네가 만들어 낸 열풍, 대류 현상에 대해 말하자면 분명 불의 능력자들은 불을 이용하면 같은 효과를 만들수 있지. 하지만 그것은 그야말로 불을 사용해야만 가능한일이야."

나는 그의 말속 묘한 어조를 가진 단어에 미간을 모으지 않을 수 없었다.

지금, 우리 동네에는

"눈치챘나? 그래, 공기를 덥혀서, 그걸로 공기층을 만들거나 주변의 온도를 일순간에 올려버리는 행위는, 불이 실체화해서 공기를 덥혀야만이 가능한 일이란 거지. 자네 방식처럼 정신 에너지로 주변의 에너지를 '활성화' 해서 열에너지를 발생시키는 방식이 아니라."

"……그렇군요."

"그리고 예상했겠지? 자네가 가진 세포를 '활성화' 하는 급속 치유 능력. 일정한 온도를 가해 세포가 활발한 활동이 가능하게 하는 기적에 가까운 초능력이지. 하지만 자네는 이걸 알고 있나? 인간 세포가 견딜 수 있는 일반적인 온도가 47도라는걸. 그리고 분명 일정 수준의 체온은 신진대사를 촉진하는 등의 긍정적인 영향을 주지만, 순식간에 몸에서 수증기가 발생할 만큼 체온이 오른다면…… 세포를 강화하는 게 문제가 아니라 몸이 버티질 못해. 그게 설령 민간인에 비해 강한 몸을 지닌 히어로들이라고 해도 말이야. 자네의 신체 강화 능력도 이와 같은 맥락이지. 세포의 활동을 증가시킨다고 한들 세포 자체가 변하지 않는 한 그런 극적인 변화를 주는 것은 어지간한 초능력으로도 불가능하거든. 정밀 검사를 해 봐야 알겠지만, 세포 역시 활성화 상태로 만들어 한계 이상의 상태로 만들고, 그 위에 또 정신 에너지를 불어넣은 것이리라 추측하고 있다네. 물론 본인은 철썩 같이 불의 응용 능력으로 알고 있으니

인지하지 못했을 테지만."

"……."

어찌 보면 당연히 의문을 가졌어야 맞을 것들이지만, 중, 고등학교 과학 수준의 일상적인 기초 상식과, 초능력이나 히어로들과 관련한 상식의 부재는 이런 말도 안 되는 상황을 만들어 왔던 것이다.

하지만 이 내용은 내 힘에 관한 이해도를 증가시켜 주고 내 힘의 정체에 대해 설명해 주는 이야기일 뿐, 나에게 있어 가장 중요한 폭주 상태, 청염 이상의 불꽃과 같은 내용은 설명 할 수 없을 뿐만 아니라, 나와 관련한 이 모든 걸 아무 거름망 없이 그대로 받아들일 수는 없었다.

지금으로선 그가 이런 말을 하는 의도도, 그가 나에게 장원삼을 보낸 이유도, 그리고 그에 관한 어떤 것도 명확하게 알고 있는 게 없었으니 말이다.

'내 능력의 설명에 관해서는…… 별문제는 없어 보이지만, 애당초 저런 정보가 어디서 나왔는지부터도 의심되고 말이야.'

편의점의 일은 장원삼에게, 미오와 있던 일은 미오 본인에게 들었으리라 생각되지만, 내가 치유 능력을 발휘할 때 몸에 수증기가 생긴다든지 하는 특징은 저 둘 중 누구에게도 보여 준 기억이 없다.

그나마 의심이 가능한 건 내가 입사할 당시 초능력들을

테스트 해 보면서 능력을 분석하던 일 정도였는데, 오래된 기억을 되짚어 본 결과, 능력을 다루는 게 서툴렀기에 치유 능력을 사용도 못했던 것으로 기억한다.

'어라? 나 근데 그때 청염을 사용하지 않았던가?'

기억을 되짚어 보다 문득 떠오른 것은 불의 능력자 전용 화력 테스트기에 대고 주체 못하고 청염을 뿜어내던 기억이었다.

'……하지만 당시에도 아무 문제없었고 시험관들도 초심자들은 조절이 능숙하지 못해서 쉽게 발생할 수 있는 일이라고 했었지, 놀란 기색도 없이 말이야.'

절레절레—

아니다, 분명 내가 잘못 기억하고 있는 것이다.

너무 오랜만에 꺼내 든 기억에 잘못된 이미지가 떠오른 것이리라.

여전히 청염이 어느 정도 수준의 불꽃인지는 확실히 모르지만, 그게 D등급의 불꽃은 아니란 건 확실히 인지하고 있는 만큼, 청염을 보고 내게 D등급을 주었을 리가 없으니 말이다.

"……음."

찌릿—

하지만 뭘까, 이 두통이 엄습해 오는 괴리감은.

내가 기억하고 있는 게…… 맞는 걸까?

그때 이런 내 상태 변화를 유심히 지켜보던 신의철이 입을 열었다.

"무슨 생각을 하고 있는지는 모르겠지만, 지금쯤이면 정보의 출처가 궁금할 것 같은데……."

끄덕—

나는 머릿속을 채워 가는 의문을 뒤로하고 일단 눈앞에 닥친 일에 충실하기로 생각하며 신의철의 말에 고개를 끄덕였다.

그러자 그는 품속에서 가운데 수정 같은 게 박힌 손바닥만 한 패드를 꺼내서는 무언가 조작을 했다.

그와 동시에 서서히 형체를 갖춰 가는 홀로그램.

'진짜 오버테크놀로지라고 부를 만하구만. 특수 설비도 없이 이런 개방된 공간에서 홀로그램이 자연스럽게 나타나다니.'

애당초 빛이 가진 직진의 형질을 바꿀 수 있는 게 아니라면 불가능하리라 생각되던 휴대용 홀로그램 화면이 눈앞에 나타나니 새삼 '회사'가 지닌 진짜 힘은 히어로들이 아니라 그들의 힘을 기반으로 한 기술이라는 생각이 들었다.

"자, 이게 누군지 알아보겠지?"

이젠 완전히 사람의 형상을 갖춘 세 개의 홀로그램은 낯이 익은 모습이었다.

나보다도 비대한 근육질의 몸을 한 남성은 분명 나의 기억 속에 어렴풋이 남은 싸움의 상대였고, 그 옆에 나란히 선 다른 한 명은 그날 밤 여자를 인질로 잡고 있던 녀석이 틀림없었다.

"이 둘은 본 거 같은데…… 이 한 명은 잘 모르겠는데요."

"흠, 그런가? 확실히 기억을 훑어봤을 땐 일방적으로 감시하듯 보는 영상은 많았지만, 직접 마주친 기억은 전혀 없었으니까."

기억을 영상으로 봤다?

정보의 출처를 가르쳐 준다면서 그들의 모습을 보여 준 이유를 알 만했다.

저들의 기억을 통해 나에 관한 정보를 습득한 것이리라.

'기억을 영상으로 추출하는 능력이 초능력인지 기술력인지는 알 수 없지만 이것도 중요한 사실이군.'

이는 아직 신의철이란 사람이 완전히 아군으로 판명이 나지 않았기에 더욱 중요한 정보였다.

지금 들은 내용은 기억을 읽어 내는 것뿐이지만 그 '이상으로' 간섭이 가능할지도 모르는 일이니 말이다.

삐—

"어쨌든 정보의 출처는 저들이야. 그리고 방금 말했던 남자의 경우엔 자네의 능력에 관한 것 외에도 자네에 관한, 상당히 중요한 정보를 가지고 있더군."

'……나와 관련한?'

그의 말에 내가 관심을 보이자 나의 이런 반응을 기다렸다는 듯 곧장 말을 이었다.

"그래, 그리고 이건 자네가 이번에 각 파벌로부터 '회유'가 아닌 '제거' 대상이 된 이유이기도 하지."

"……그게 뭐죠?"

나는 직감적으로 느꼈다.

지금 그가 하고자 하는 말이 지금껏 벌어진 일을 설명할 수 있는 아주 중요한 단서라고, 그리고 내가 여태껏 막연하게 생각해 왔던 이 모든 일의 해결책과 연결되어 있다는 것을 말이다.

그리고 이런 진중한 내 반응을 보며 무언가 느낀 것이 있는지 이야기를 듣고 있던 나머지 세 사람도 한결 진지한 표정이 되어 신의철의 입만을 쳐다봤다.

그리고 마침내 그의 입이 열리는 순간.

"그건……."

철컥—!

"어……?"

첫 마디가 나오기 무섭게 벌컥 열린 병실 문에는 이곳의 이상한 기류를 느낀 것인지 어정쩡하게 서 있는 은빛이 있었다.

"은빛아?"

"아…… 그…… 중요한 얘기를 하고 계셨나 봐요?"

"아냐, 그런 거 아니니까 들어와도 괜찮아."

나는 일순 은빛과 지금 이야기의 중요성에 대해 저울질했지만 그런 생각은 정말 찰나였다.

지금 나에게 있어 가장 중요한 대상은 다름 아닌 은빛.

비록 지금 상황의 모든 열쇠가 될 수 있을 이야기라곤 하나, 애당초 그녀와의 만남이 없었다면 이런 고민을 할 생각조차 안 했을 테니 말이다.

'은빛이를 만난 게 이 모든 일의 계기라곤 할 수 없지만, 은빛이가 있었기에 생각이나 상황이 바뀐 경우는 여러 번 있었으니까.'

예를 들어 MT에서 그녀 때문에 폭주했던 일이라든지, 최근엔 내가 노려질 것이란 것을 알고 은빛을 보호할 방법부터 강구하던 일 등. 그녀는 나에게 이런저런 영향을 줘왔다.

그게 꼭 긍정적인 방향이고 옳은 일들이었다고만은 할 수 없지만, 최소한 그녀가 관련한 일로 후회하진 않을 생각이다.

'반년 뒤…… 파견도 은빛이 함께 있었다면 결과가 달라졌겠지.'

처음에는 가슴속에 끓어오르는, 정체불명의 호기가 파견 서류에 지장을 찍게 했고, 머릿속에서 암묵적으로 어쩌면 죽을지도, 라는 생각과 설령 그렇게 되도 후회하지 않을 거라는 막연한 기분이었던 반면, 지금에 와서는 나를 기다려 줄 은빛을 위해 반드시 살아서 돌아와야겠다는 생각밖엔 들지 않으니 말이다.

"정말 괜찮아. 들어와도 돼."

"그, 그래도…… 뭔가 일 얘기를 하고 있는 거 같아서."

그와 동시에 같은 편의점 알바생으로 알고 있는 장원삼에게 눈길을 보내는 게 왜 눈치 없게 일 얘기하는 곳에 당신이 앉아 있냐는 핀잔 같기도 했다. 아니, '저 사람도 있는데 나도 괜찮지 않을까?' 라는 생각을 하고 있을지도 모른다.

그런 기색을 읽은 건 나뿐이 아닌 듯 자칭 눈치가 빠르다는 신의철이 먼저 은빛에게 자리를 권했다.

"하하, 얼마든지 들어오셔도 괜찮습니다. 아무래도 사장이랑 있는 자리다 보니 조금 분위기가 딱딱해졌을 뿐이지, 별 얘기 아니었거든요."

하지만 몰려든 시선에 여전히 불편함을 느낀 듯 은빛이 우물쭈물하는 기색이기에, 나는 생각나는 게 있어 재빨리 그의 말을 받았다.

"그래, 은빛아. 사장님이 병원비는 '반드시' 산재 처리해 주시고, 다쳐서 일하지 못한 급여는 '반드시' 성과급식으로 챙겨 주신다면서 아주 좋은 말씀만 하고 계시던 중이니까."

"그, 그런가요?"

"그래!"

씨익—

나는 신의철을 향해 회심의 미소를 지어 주며 대화 내용까지 설명해 주는 친절을 발휘해 은빛을 안심시켰다.

이에 은빛 역시 저 정도 이야기면 자신도 들어도 될 것이란 자신감이 생긴 건지 한결 안도하는 표정으로 본래의 자리를 찾아 들어왔다.

그리고 그 사이 내 말을 듣고 한결 굳은 표정을 하고 있는 신의철을 보며 추가로 준비한 회심의 일격을 날렸다.

"그리고 이미 이야기는 다 끝났어. 우리 사장님 통이 얼마나 크신지 부담스러워서 내가 계속 거절했는데 분위기가 이렇게까지 되니 안 받을 수가 있어야지. 아, 이거 자세한 금액은 알려 주기 힘들지만……."

소곤소곤.

얼마 들어왔는지는 나중에 통장으로 '직접' 확인시켜 줄게.

나는 침대 옆 간병인 석에 앉은 은빛의 귀에 대고 여태까지와는 달리 작게, 하지만 이 조용한 공간에 있는 사람들이라면 모두가 들을 수 있을 '적당한' 크기로 그녀에게 속삭였다.

그와 동시에 신의철은 한층 굳은 얼굴을 했고, 장원삼은 안절부절한 모습으로 미오는 왠지 모르게 부럽다는 눈으로, 그리고 김서영이란 비서는…… 왠지 통쾌한 표정으로 우릴 쳐다봤다.

'후후, 나중에 말로만 넣었다고 하는 건 곤란하지. 그러게 나를 훑어보거나 감시한 사람치고 좋게 끝난 사례가 없다니까?'

나는 아까의 시선을 기억하고 있었고, 그것은 나에게 이런 확실한 기회를 제공하고야 말았다.

"아…… 그, 그러니까……."

신의철은 여전히 딱딱한 얼굴에 기괴한 미소를 지으며 무언가 말을 하고자 했지만, 곧이어 들이닥친 부모님 덕분에 뜻을 이루진 못했다.

벌컥—!

"아가!"

"엄……!"

"네! 어머니!"

'……어머니?'

나는 문을 박차고 들어오며 '아가!'를 외치는 어머니를

보고 부끄러움에 제지시키고자 했지만 그보다 먼저 튀어
나간 것은 은빛의 대답이었다.

어느새 호칭이 아가, 어머니로 정해진 것인지 단숨에 문
앞까지 뛰어나간 은빛은 방실방실 웃으며 무언가 어머니가
하는 말에 연신 맞장구를 치기 시작했다.

"……어흠."

나는 뻘쭘함에 어머니의 말을 막기 위해 들었던 손을 어
정쩡하게 내려야만 했고, 이번엔 신의철의 미소를 봐야 만
했다.

그리고.

'응? 나머지 셋은 뭐가 그렇게 부러운 거야?'

장원삼도, 미오도, 김서영도 각자 복잡 미묘한 표정으로
은빛과 어머니의 모습을 보며 무언가 부럽다는 표정을 짓
고 있었다.

그 와중에 김서영은 신의철과 부모님을 번갈아 보며 묘
한 시선을 신의철에게 보내고 있었는데, 그와 동시에 신의
철의 얼굴에서 웃음기가 가시는 것을 볼 수 있었다.

그리곤 곧장 아까 뚜껑을 열었던 주스를 찾아 벌컥벌컥
들이키더니 자리에서 벌떡 일어났다.

"어흠, 그럼 이야기도 다 끝났으니 전 먼저 가 보도록
하겠습니다."

"네? 벌써요?"

"네?"

첫 번째 '네?'는 아쉬움이 담긴 어머니의 목소리였고, 두 번째 '네?'는 아직 들어야 할 게 많은 나의 목소리였다.

"하하, 오늘 우선적으로 하려고 했던 말은 다 했는걸요. 나머진 일과 관련한 얘기라 그것들은 나중에 태일 군이 '직접 회사로 출근하면' 말하면 될 것들입니다."

"그, 그런가요?"

어머니는 그저 그런가 보다 하는 눈치였지만, 나는 이야기를 더 듣고 싶다면 직접 회사로 찾아오라는 그의 말에 '당했다!'라는 표정을 짓지 않을 수 없었다.

그런 내 표정을 감상이라도 하듯 다시 찬찬히 훑어 내린 신의철은 만족감이 깃든, 사람 좋은 웃음을 터뜨렸다.

"하하하, 그럼 전 일이 있어서 먼저 가 보도록 하겠습니다. 태일 군, '빨리' 쾌차하고 '꼭' 회사로 찾아오게."

가시가 돋친 그의 말을 들으며 그가 나가길 기다린 나는 굳혔던 표정을 풀었다.

'후후, 공돈을 받는데 이 정도 표정 연기쯤이야.'

얼마나 돈을 넣어 줄지는 알 수 없지만, 생활비가 빠듯한 시점에서 받게 된 '통 큰 사장님의 성과급'은 그의 기분을 맞춰 주기 위한 표정 연기도 가능케 했다.

그리고 회사에 찾아가는 게 귀찮고 불편한 일인 건 분명하지만 뭐, 돈 찾으러 간다라고 생각한다면 그 정도 수고쯤이야 별것도 아니었으니.

"후후…… 후후후후……."

음흉하게 웃어 젖히는 나를 보며 주변 사람들이 그야말로 기묘한 표정을 지었으나, 오랜만에 터진 웃음은 멈추지 않았다.

"음핫핫핫핫핫!"

장원삼과 미오가 자리를 뜨고, 부모님이 은빛을 데리고 피신하듯 병실 밖으로 빠져나갈 때까지, 그리고 환자가 이상하다고 연락을 받고 찾아온 정신과 의사가 찾아올 때까지 계속.

❧　　❧　　❧

후비적—

"아, 누가 자꾸 내 욕을 하나?"

"푸후훗, 지금 욕을 하고 있다면 뻔하지 않나요?"

김서영의 말을 들으며 귀를 후비던 손가락을 후, 불어낸 신의철은 입을 삐죽이며 대꾸했다.

"그래도 공돈을 받는 거에 비하면 별거 아닌걸, 뭐."

"그건 그렇지만…… 그나저나 얼마나 넣으실 거예요?"

"뭘?"

넣긴 뭘 넣냐는 듯 동그란 눈을 하고 자신을 쳐다보는 신의철의 시선에 김서영은 마찬가지로 눈을 똥그랗게 뜨며 말했다.

"뭐긴 뭐예요? 성과급이요."

"뭐…… 이미지 개선도 좀 할 겸, 한 천만 원 넣어 줄까?"

"에엑? 사장님 돈 많으시네요?"

그야말로 통 큰 액수에 김서영은 동그란 눈을 더욱 크게 뜨며 반문했지만, 신의철은 별거 아니란 듯 자연스럽게 대답했다.

"뭐, 어때 내 돈 쓰는 것도 아닌데."

"……그럼 누구 돈 쓰는데요?"

"당연히 회사 돈이지."

마치 내 돈이라는 듯 아무렇지 않게 회사 돈을 쓰겠다는 신의철을 보면서 김서영이 말했다.

"회사 돈을요? 왜요?"

"직원 성과급 주는데, 그럼 회사 돈을 써야지 내 돈 쓰리?"

"당연하죠."

"뭐?"

"예정에도 없던 돈인데다, 지금도 여기저기 재정 긴축하느라 난린데, 그런 돈이 어디서 나와요? 게다가 저희 회사돈이 어떻게 쓰이는지 아시잖아요? 전부 미리 계획하고 쓰는 거. 성과급 항목으로 추가로 돈을 뺀다고 해도 다른 사람들이 납득할 리도 없는데다, 무슨 성과냐고 묻는다면 뭐라고 대답하시게요?"

"그…… 그거야……."

그건 미처 생각하지 못했다는 듯 우물쭈물거리는 신의철을 보면서 한심하다는 표정으로 김서영이 말을 이었다.

"뭐, 정 필요하시다면 사장님 월급 가불하는 식으로 빼는 것 정도는 건의해 볼게요. 아마 그 정도는 가능할 거예요."

"……저기 횡령하면 안 될까?"

"……그거 범죄거든요? 그리고 말했다시피 회사에서 천만 원을 빼내려면, 회사 건물을 담보로 대출이라도 받아야할걸요?"

"……뇌물은?"

"뇌물 수수도 범죄거니와…… 누가 사장님 같은 바지사장한테 뇌물을 주겠어요?"

그렇게 현실을 깨달은 신의철은 잠시 고민을 거쳐 현실과 타협한 대답을 내놨다.

"만 원은…… 안 되겠지?"

"……."

대답할 가치도 없다는 듯 묵묵부답 앞을 향해 걸어가는 자신의 비서를 보면서 큰 결심을 했다는 듯 그가 다시 입을 열었다.

"오, 오만 원이면 될까?"

"조카들 세뱃돈이요?"

이번엔 반대로 곧장 돌아오는 대답에 한층 침울해진 그는 다시 용기를 내서 입을 열었지만…….

"치…… 칠 아니, 십만 원은?"

"어디 친한 분 부조금 내시나 보네."

결과는 마찬가지.

그리고.

"저기 미스 김……?"

"네, 사장님."

"조금만 도와줘……."

"어머? 제가 왜요? 호호홋!"

냉정하기 짝이 없는 웃음소리에 침음을 삼킨 신의철이 방금 걸어 나온 병원을 보면서 눈에 불을 붙였다.

"크흑, 젠장! 신태일!"

"오호호호호홋!"

많은 사람들이 오고 가며 북적이는 병원 앞.

미스 김, 김서영의 웃음소리가 낭창낭창하게 울려 퍼졌다.

한참 동안 웃음소릴 듣던 신의철이 이렇게 된 이상 그녀
의 사진을 팔아서라도 돈을 마련하겠다고 핸드폰을 들이댈
때까지 계속.

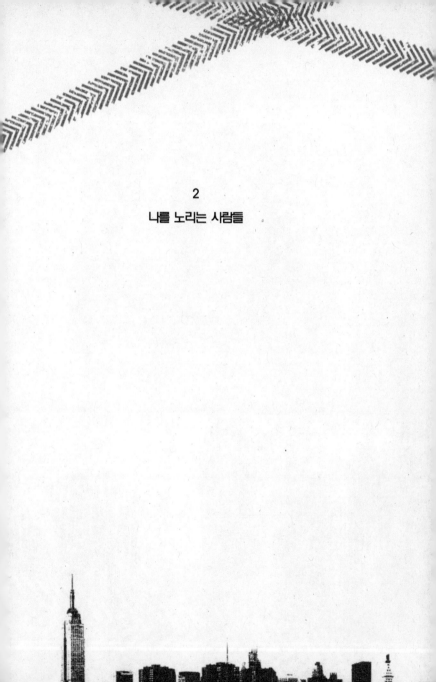

2
나를 노리는 사람들

서울 도심 한복판, 사설 경비업체 빌딩.

깔끔하게 세워진 빌딩에 몸만큼은 이 회사에 가장 적합해 보이는 남자가 들어섰다.

'쩝, 입안이 텁텁한 게…… 언제 와도 기분은 별로구만.'

나는 이곳에 들어오기만 하면 느껴지는 기묘한 거부감과 함께 짜다 못해 쓰게 느껴지는 입을 쩍쩍 다셨다.

대외적으론 사설 경비업체로 알려진 이 건물은 알려진 것과는 달리 한국 히어로 컴퍼니의 본사로, 언제나 수백 명의 히어로들이 상주하는 곳이기에 초감각 중 맛으로 히어로와 민간인을 구분하는 나는 이곳에서 느껴지는 수많은 히어로들의 기운에 정신이 혼미해질 지경이었다.

감각을 단절한다면 해결할 수 있는 문제이긴 하지만, 최근 당한 일이 있다 보니 쉽게 방심할 수 없는 처지라 그렇게 하지도 못하고 있었다.

'사실 이 어마어마한 맛 중에 적을 골라 내라고 한다면 불가능할 것 같지만……'

그래도 적의를 가지고 다가오는 것을 고르는 정도는 할 수 있을 것이란 생각에 초감각은 항시 최대 범위로 유지 중이었다.

'으음…… 그래도 역시 엄청나긴 하네. 오래 버티진 못하겠으니 빨리 얘기나 듣고 가야지.'

오늘은 회사의 사장인 신의철이 병원에 방문하고 일주일이 된 날이며, 내가 퇴원한 날이기도 했다.

'병원에서의 일주일…… 좀이 쑤셔서 혼났지.'

생겨 먹은 모양만큼이나 전형적인 육체파인 나에게 아무것도 못하는 일주일간의 병원 생활은 고역이었다.

뭐, 몸에 상처 하나 없는 녀석이 뭘 일주일이나 입원을 했느냐고 묻는다면 나로서도 할 말이 많은 입장이다.

이번에 내가 입원하게 된 계기가 신의철에 의해 가스 누출로 인한 폭발 사고로 위장되었기에 미리 입을 맞춰 놓은 의사가 있음에도 불구하고, 이런저런 정밀 검사 덕분에 일주일이란 시간이 걸렸으니 말이다.

덕분에 은빛만 고생을 했다.

부모님께 불려 갔다가 자취방에 돌아간 지 단 하루 만에 병원에서 살다시피 일주일을 보냈으니 말이다.

우리 부모님도 가끔 찾아오고, 은빛이네 부모님들도 찾아오신데다, 대외적으로 환자인 나를 수발하기 위해 이리저리 뛰어다닌 걸 생각하면 정말 미안하다는 말밖에는 해줄 게 없었다.

'덕분에 은빛이랑 단둘이 있는 시간이 늘어서 좋긴 했지만……'

병원에 있으니 아르바이트도 갈일 없는데다, 심심했던 미오가 아침이랑 낮에는 하루 종일 뒹굴거리러 왔지만, 힘이 밖으로 드러나는 저녁에는 꼬박꼬박 집에 들어갔기에 저녁에는 언제나 은빛과 단둘이었다.

덕분에 '진심으로' 들이대는 은빛을 어르고 달래며 진정시키느라 곤란하기도 했지만, 그 순간이 힘들었냐면 그건 아니었으니 말이다.

그 시간을 통해 우린 많은 대화를 나눴고, 많이도 사랑을 속삭였으며, 한층 사이가 깊어졌다.

결과적으로 오늘 사장인 신의철을 만난다고 하니 바리바리 싸 들고 쫓아오려는 은빛을 자취방에 놓고 오느라 진을 빼긴 했지만, 그마저 은빛과 함께였기에 기분 나쁜 일만은 아니었다.

'좀 갑갑하긴 했지만…… 얻은 건 많은 병원 생활이었

으니.'

그렇게 병원에서의 일주일을 다시금 회상하며 걷는 사이 어느새 안내 데스크에서 나를 기묘하게, 그리고 걱정스럽다는 듯 쳐다보는 여직원과 대면할 수 있었다.

"······괜찮으신 거죠?"

"네?"

나는 뜬금없는 여직원의 질문에 반문했고, 여직원은 곧장 다시 물었다.

"의사 소통에는 문제가 없으시긴 한데······ 안면 근육에 문제가 있으신 거 같고······ 의무과로 일단 연락을······."

잊고 있었다.

이곳에 있는 모든 직원은 아주 극소수 인원을 제외하곤 전원 히어로.

그중에서도 안내 데스크의 여직원은 우리가 흔히 상상하는 것과 달리 찾아오는 이들을 판별하고 그들의 상태나 모습 등을 파악해, 찾아온 이유의 경중과 민간인과 히어로를 구분하는 중대한 임무를 맡는 사람으로서 상당한 엘리트급의 사원이다.

그런 여직원이 안면 근육에 문제가 있다고 했으니······.

"아, 아뇨, 됐습니다!"

나는 벌써 수화기를 들고 내선 번호를 입력해 나가는 여직원을 재빨리 말리고 은빛과 미오만의 고질적인 질병으로 인식하고 있던 일시적 안면 근육 장애가 나에게도 있다는 것에 놀랄 새도 없이 기괴하게 변한 얼굴 근육을 힘으로 돌려놓았다.

우득—

우드득—

"……역시 의무과에 연락을 하는 게……."

"저, 정말 괜찮습니다."

나는 나름 응급 처방을 한다고 한 거지만, 그조차 이상하다고 판단을 했는지 전화기를 더듬거리는 그녀를 보면서 재빨리 본론을 말했다.

"신의철 사장님을 뵈러 왔습니다."

"네? 사장님을요?"

그러자 굉장히 의외라는 표정으로 나를 위에서 아래로 쪽, 훑어보는 것이…… 아마도 내 후줄근한 옷들을 주로 보는 듯싶었지만, 일단 이곳을 거쳐야 신의철을 만날 수 있다는 생각에 나는 억지로 미소 지으며 그녀에게 강조했다.

"꽤나 급한 일이라…… 미리 약속을 하고 왔습니다. 경기지부 C급 신태일이 왔다고 하면 아실 겁니다."

"아, 네!"

내가 말을 다 끝내고 나서야 정신을 차린 여직원은 안내 데스크에 놓인 컴퓨터로 방문 기록을 작성하곤 간단하게 안내를 했다.

"사장실은 이 왼쪽 끝 임원용 엘리베이터를 타시고 5층으로 가시면 됩니다."

그렇게 내가 안내받은 곳으로 향하자 내 눈치를 보면서 곧장 어딘가로 전화를 거는 것이 아마도 사장실에 방문자에 대해 알리는 것이리라.

"……"

뭐, 그런 것 치곤 생각보다 길게 전화를 하는 것 같아 엘리베이터를 기다리는 내내 신경이 쓰이긴 했지만…… 더 이상 볼일도 없는 여직원이니 무시하기로 했다.

띵동!

—5층입니다.

그렇게 도착한 사장실 앞.

의외로 아무것도 없이 '사장실'이라고 적힌 문만 달랑 존재하는 썰렁한 그곳에는 저번에 병원에서 봤던 김서영이란 비서가 나를 기다리고 있었다.

"어머, 방금 연락받았는데 빨리 올라오셨네요."

그리곤 살풋 웃으며 말하는 게…… 사장 비서로서 소임을 다하기 위해 열심히 노력해 만든 인조 웃음임이 '잘 드러나는' 미소였다.

마치 사장을 위해 비서로서 할 건 한다고 보여 주는 듯한 모습이랄까?

"아, 네. 엘리베이터가 빠르네요."

"후후, 사실 엘리베이터에도 저희 쪽 기술이 투입되서 현재 국내에 사용되는 엘리베이터 중에는 가장 빠른 속도니까요. 아, 보통은 큰 차이를 느끼지 못하시지만, 다른 곳과 비교해 보면 미묘한 차이가 있죠."

"……."

별 차이도 없고 느끼기도 힘든 부분에 그 대단하다는 기술을 써먹었다는 말인가?

이 회사 의외로 널널한 곳이라는 생각이 드는 순간이었다.

"그런데……."

"네?"

사장실에 들어가기 전, 아직 사장실 문 앞에 서 있는 나를 빤히 보며 고개를 갸웃거리는 김서영의 모습에 절로 반문이 나왔지만, 이내 별일 아니라는 듯 손사래를 치며 사장실 문을 열었다.

'방금 관찰하는 것 같았는데…… 이번에도 복장이 좀 문제가 있어서 그런 건가?'

하지만 그건 것치곤 김서영이 바라본 곳은 내 얼굴에 한정되어 있었을 뿐 아니라, 저번의 만남을 떠올려 보건데 애당초 신의철이란 사람이 만나는 사람의 옷 같은 걸 신경 쓸 부류로 보이진 않았다.

그렇다면 얼굴이 문제란 건가, 하는 생각이 들었지만…… 최근 주변에 있는 인물들의 비주얼 수준이 급격히 상승한 탓에 내 외모가 상대적으로 퇴색했을 뿐, 그래도 사람과 얼굴을 마주하는 데 문제가 있는 수준은 아니었다.

그렇게 이런 저런 고민 속에 입장한 사장실에는…….

"……아무도 없네?"

"네, 태일 군이 온다는 연락을 듣고 좀 전에 미리 준비 좀 해 놓겠다면서 연구실에 먼저 내려가셨거든요."

'준비? 연구실? 내려가?'

즉, 내가 온다는 연락에 뭔가 준비를 하러 내려갔다는 말인데…….

임원용 엘리베이터는 이곳 5층에서 내리면 정면에 사장실이 있고, 문도 오직 사장실로 통하는 한곳밖엔 없기에 만약 내려갔다고 한다면 그가 창문을 통해 뛰어내리는 것이 아닌 이상, 내가 엘리베이터를 내리는 과정에서 마주쳤어야 옳았다.

내가 혹시나 싶어 사장실 문을 기준으로 정면에 위치한, 유리로 된 벽에 달린 사람이 지나다니긴 힘들 법한 창문을 노려보는 사이, 김서영은 내 행동엔 아랑곳하지 않고 텅 빈 벽면으로 걸어가더니…… 사라졌다.

"어?"

그 황당한 모습에 내가 멍해 있는 사이 사람을 집어삼킨

지금,
우리
동내에는

벽에선 목소리가 흘러나왔다.

"태일 군 여기로 들어오세요."

"……거기 맞나요?"

"네, 들어오세요."

"……."

몇 년 전 선풍적인 인기를 끌었던 외국 판타지 소설의 한 장면이 떠오르는 순간이었다.

'그래, 여기는 보통의 상식으로 이해해선 안 될 곳이니까.'

나는 여전히 입안 가득 소금물을 머금은 듯한 맛을 혀에 아로새기며 다시금 이곳이 평범한 회사가 아니란 걸 상기했다.

그리고.

쓰우욱—

"어? 어어어?"

마치 물속에 빠져드는 느낌과 함께 들어온 벽의 안.

벽 뒤편으로 존재하는 이 공간은 성인 남성 수십 명이 들어와도 될 만큼 상당한 규모를 자랑하고 있었다.

"후후, 이런 곳은 처음이신가요?"

"……네."

당연한 것 아니냐, 라는 말이 목구멍까지 치솟았지만, 악의 없이 던진 말이었기에 조용히 대답하는 것으로 마무리했다.

그사이 마찬가지로 아무것도 존재하지 않는 공간의 어느한 지점에 손을 갖다 댄 김서영이 마치 컴퓨터 자판을 두드리듯 허공을 몇 번 건드린 순간 갑자기 주변이 바뀌었고, 김서영의 설명이 들려오기 시작했다.

"아, 갑자기 주변 풍경이 변해도 놀라지 마세요. 이건쉽게 말해서…… 음, 유리로 된 엘리베이터 같은 거니까요."

"네!? 예? 어? 어어어어?"

나는 그녀의 말이 시작됨과 동시에 급변하기 시작하는주변을 보며 마치 땅속으로 빨려 들어간다고 보면 적절할만한 느낌과 함께 소리를 지르지 않을 수 없었다.

"으, 으아아아악!"

정말로 이곳은 유리로 된 엘리베이터라는 듯 어느 순간발밑으로는 서울 도심과는 전혀 어울리지 않는 널찍한 흙바닥이 보이는가 싶더니 내 발에, 정확히는 이 엘리베이터의 밑면에 닿는 순간 검은 공간으로 바뀌며 어딘가를 향해계속해서 내려가기 시작했다.

그리고 이때.

철컹철컹—

"이, 이게 무슨 소리죠?"

무언가 기계가 움직이는 소리와 함께 쇠끼리 마찰하는

소리가 이곳 내부에 울려 퍼지고, 주변의 급격한 변화와는 달리 의외로 고요하던 이곳에서 들리는 생각지도 못한 소리에 나는 혹시나 싶어 재빨리 김서영에게 물어봤다.

그러자 그녀는 방긋 웃으며 설명했다.

"아, 방금 지나간 구간이 지하철이 지나다니는 곳이거든요. 이 엘리베이터가 방음이 나쁜 편은 아닌데 아무래도 지하철 운행 소리까지 차단은 못해서요."

"……."

대체 서울 도심 한복판에 무슨 짓을 한 거냐고 외치고 싶었지만 왠지 물어봤다가는 더욱 머리만 아파질 것 같았기에 조용히 입을 다물기로 했다.

게다가 시간이 지나니 이 이상한 엘리베이터에도 적응이 된 덕분에 토양 내지는 암석 같은 걸로 추정되는 것들이 내 옆으로 솟구쳐 오르는 장면을 감상하느라 더 이상 그 어떤 대화도 오고 가지 않았기에 정말 조용히 이동할 수 있었다.

그렇게 얼마나 내려왔을까?

일순간 엘리베이터 내부를 밝히는 빛과는 근본적으로 다른 빛이 이곳에 쏟아져 들어오기 시작했다.

그와 동시에 내 눈에 드러난 것들은 그동안 굳게 닫혀 있던 내 입을 열기에 충분한 모습이었다.

"대체……."

'대체 서울 도심 지하에다 뭔 짓거리를 한 거야?!'

주변을 비추는 이 통짜 유리 엘리베이터에서 내려다본 그곳은 우리가 흔히 상상해 왔던 지하 도시의 재현, 그 자체였다.

어렴풋이 끝이 보이는 거대한 지하 공간에 마치 상하로 붙은 종유석처럼 이 공간을 지지하는 듯한 모양새로 솟구쳐 오른 네 개의 거대 빌딩들과 위에서도 보이는 깔끔하게 정돈된 도로와 네모반듯하게 줄 세워진 건물들은 시각적 아름다움을 떠나 한정된 이 공간을 최대로 활용하는 건축 기술의 끝을 보여 주고 있었다.

그뿐 아니라 그런 지하 도시를 오가는 사람들은 그야말로 상상 이상의 모습이었다.

그리고 내가 이렇게 놀라고 있는 사이 어느새 내 곁에 조금 다가온 김서영이 물었다.

"여긴…… 처음이신가요?"

"네! 정말 상상도 못한 곳인걸요? 대단하네요!"

나는 이 압도적인 모습에 흥분하여 대답하자 김서영은 그런 나를 이상하다는 듯이 바라보며 다시 조금 물러섰다.

그러는 사이 어느새 바닥에 도착한 엘리베이터는 네모반듯한 건물들 사이에서도 꽤나 규모가 있어 보이는 어떤 건물에 안착했다.

칙! 칙! 치이이익!

그리곤 기차가 정차하는 순간 날법한 소리와 함께 엘리베이터는 곧장 그 자리에서 사라져 버렸다.

"어?"

탁!

갑자기 사라진 엘리베이터의 유리 바닥 대신 와 닿는 시멘트의 질감에 나는 다시 한 번 눈을 동그랗게 떴고, 김서영은 여전히 묘한 표정으로 나를 보는 중이었다.

"……?"

그 열렬한 시선에 고개를 돌려 눈을 맞추자 김서영은 그제야 생각났다는 듯 앞장서 걸으며 아마도 일반적인 엘리베이터로 추정되는 문으로 날 안내했다.

그리고 엘리베이터를 기다리는 사이.

"이건…… 일반 엘리베이터인가요?"

"네, 정확히는 회사에 있던 엘리베이터와 같은 물건이죠."

"아, 그…… 미묘하게 속도를 높였다던?"

"맞아요."

나는 아까 들었던 미묘한 기술과 미묘하기 짝이 없는 엘리베이터에 대해 떠올렸고, 그런 내 모습을 보면서 김서영은 풍월을 읊는 서당개처럼 내 얼굴을 모고 모든 것을 파악했다는 듯 말을 이었다.

끄덕—

"의문이 생길만도 하죠. 방금 타고 온 그 좋은 엘리베이터를 두고 왜 이런 엘리베이터를 쓰는지…… 하지만 사실 지금 내려오면서 타고 온 엘리베이터는 실패작이거든요."

"시, 실패작?"

나는 별생각 없이 던진 질문이었는데 알아서 해석하고 대답하는 그녀가 무안할까 말을 들어 주다가 듣게 된 황당한 말에 눈을 치뜨지 않을 수 없었다.

"네, 사실 저게 어마어마하게 비싼거 거든요. 설치비도 그렇고 개발, 제작비…… 사실 엘리베이터의 벽이 마법으로 만든 결계 방식을 취하게 된 것도 일반 벽을 설치했더니 워낙에 파손이 많아서…… 그래서 일회용으로 한 번 사용하고 없앨 수 있게 바꾼 거죠. 덕분에 보기에도 좋고 꽤나 튼튼해졌지만, 추가 개발비랑 설치비가 어마어마해서 결국 개발이 중단된 건데 시범 삼아 달았던 사무실을 사장님이 들어 앉은 거죠."

"아, 그럼 혹시 사장실이 5층에 있는 이유가……?"

"네, 바로 이게 당시 5층 사무실에 설치되어 있었거든요. 본사 건물이 높은 건 아니지만…… 다른 임원님들 방이나 주요 시설들의 위치랑은 꽤나 동떨어진 위치죠."

엘리베이터 때문에 사장실을 옮기다니…… 뭐, 효용성은 둘째 치고 이동에 있어 상당히 간편하고 멋진 건 인정한다. 하지만 굳이 사장실을 옮겨 가면서까지 차지해야 하나 싶었다.

그사이 본인 상관에 대한 얘기가 나오자 입이 터지기 시작한 김서영이 주저리주저리 불만을 쏟아 내기 시작했다.

"이깟 엘리베이터 타겠다고 욕을 얼마나 먹었는지 몰라요. 회사에선 사실 이 엘리베이터를 수화물용으로 쓸 생각으로 대형으로 만든 건데, 그걸 사장님이 갖고 싶다고 꿀꺽한 꼴이니…… 그래 놓고는 자주 타지도 않아요. 한 달 출근하면 여기에 내려오는 건 두세 번은 될까? 만날 사무실에서 인터넷으로 뒹굴뒹굴, 그러고는 나름 천재랍시고 회사 보안망을 뚫고, 여기저기 성인 사이트를 돌아다니질 않나, 심심하면 비서 성희롱이나 하고! 그뿐인가요? 사람이 얼마나 쪼잔한지 책상 서랍에 사탕도 잔뜩 넣어 놓고 한 개도 못 집어먹게 하는데, 그거 다 녹아서 눌어붙으면 나더러 치우라고……!"

띵동—

왠지 들어선 안 될 것 같은 회사의 비밀을 잔뜩 듣고 있는 사이, 호출한 엘리베이터가 도착했다. 그런데……

'응? 안에 누가 타고 있나?'

초감각을 통해 느껴지는 초능력자의 기운에 김서영을 향해 있던 내 눈이 엘리베이터를 향했고 이내 문이 열리며 한 사람이 등장했다.

"그래? 사탕 못 먹게 한 게 많이 섭섭했나 보네."

"사, 사장님?"

엘리베이터 문 사이로 모습을 드러낸 한 남자, 신의철은 당황한 김서영을 미소로 맞으며 말했다.

다른 사람 앞에서 본인 직장 상사를 욕하다가 당사자에게 딱 걸린 상황에서 이걸 지켜보는 제삼자인 나까지 심장이 덜컥 내려앉는 기분에 조마조마했지만, 김서영은 마치 잘 만났다는 듯 당황한 기색조차 지운 채 허리에 손까지 얹고 말했다.

"흥, 어디 제가 틀린 말했나요? 만날 저더러 시키는 건 청소해라, 과자 사 와라, 대신 사인 좀 해라, 밥 좀 시켜라…… 이게 어디 사장 비서가 할 일이라고 생각되나요? 제가 사장님 마누라도 아니고!"

"그럼 사장 비서가 하는 일은 뭔데?"

신의철이 진심으로 모르겠다는 듯 고개를 갸웃거리며 말하자 이번엔 김서영의 말문이 막혔다.

"그, 그건…….''

사실 그녀로서도 가끔 서류 정리 보고를 하는 것 외엔 정상적인 비서 업무란 걸 해 본 경험이 거의 전무했기에 무엇이 비서의 일이냐고 묻는다면 당장에 할 말은 없었다.

"그, 그거야 나중에 생각할 일이고요! 그리고 만날 성의롱도 하시잖아요! 엉덩이나 만지고! 몰카나 찍고! 만날 음담패설에…… 그런 건 사장님 마누라랑 하셔야죠!"

"나 미혼인 거 알잖아?"

"그러니까 하는 말이에요! 비서 좀 그만 괴롭히고 결혼을 좀 하시던가……."

"저기……."

이 한편의 꽁트 속에서 점차 소외되어 가는 기분을 받은 나는 그 둘의 말을 끊을 필요성을 느끼며 끼어들고자 했지만, 갈등의 절정을 향해 치닫는 콩트에 다시 묻혀 버리고 말았다.

"하지만 난 애인이 없잖아."

"그러니까 만들라고요! 만날 사장님 직함이랑 얼굴 보고 들이대는 사람이 얼마나 많은데! 그리고 제가 소개시켜 준다니까 싫다면서요!"

"후훗, 그것보다 우리 미스 김이 착각하는 게 있는데 내가 애인이나 마누라가 생긴다고 성희롱을 안 할 거란 보장이 있나?"

"이익! 그거 범죄라고요! 게다가 성희롱이라고 인식하고 있으면 하지 좀 마요!"

음흉하게 웃어 보이는 신의철을 보며 방방 뛰는 김서영을 보고 있자니 불쌍하기도 하면서 이 상황의 결말이 궁금해, 나는 처지도 잊고 둘의 말에 집중하기 시작하였다.

"예컨대 내 성희롱이 합법적이 되면 괜찮은 거 아닌가?"

"어떻게 성희롱이 합법이 돼요!"

"아니지, 김 비서가 내 마누라 하면 되는 거 아니야?"

화악!

"그, 그, 그그그…… 그게 무슨!"

"응? 맞지 않아? 내가 내 마누라 팬티 좀 보겠다는데 어때? 뭐, 회사에서 보는 건 좀 무리가 있겠지만…… 아침 저녁으로 볼 수 있다면 회사에서는 좀 참을 수도 있을 거 같은데."

"이, 이것도 성희롱이란 거 몰라욧?!"

어느새 분노에 날카롭게 변했던 목소리가 앙칼진 고양이의 울음 소리처럼 변했다는 걸 느낀 나는 자칭 눈치 백 단의 신의철이 할 행동이 눈에 보이기 시작했다.

씨이익—

"김 비서. 아니, 김서영 우리 결혼할까?"

"무, 무무무…… 무우우스으으으은!"

홍당무를 방불케 하는 얼굴로 갓 잡힌 생선 마냥 파닥거리는 김서영을 보면서 이 콩트의 결말과 이 대화의 승자를 직감한 나는 엘리베이터를 탈 채비를 했다.

'챙길 것도 없긴 하지만…….'

그저 옷매무새나 몇 번 손으로 쓸어내리는 사이 신의철이 그녀의 입을 다물게 하는 마지막 말을 했다.

"진심이니까 한 번 생각해 봐. 거절한다면…… 두 번은

권하지 않을게."

슥슥—

"……"

말과 함께 김서영의 머리를 가볍게 쓰다듬는 신의철의
행동을 보면서 눈을 빛낸 나는 지금 이 대화를 언젠가 써
먹을 수 있지 않을까 고민을 해 봤지만…… 애당초 나랑
은빛의 사이는 은빛 쪽이 더 적극적이라서 문제였으니 우
리에겐 적용되기 힘들었다.

"아, 이거 손님을 세워 놓고 너무 오래 기다리게 했군."

"아뇨, 괜찮습니다. 나름 공부가 되었네요."

"응?"

이번만큼은 신의철도 의미를 잘 모르겠다는 듯이 고개를
반문했지만 나는 손을 저어 신경 쓰지 말라는 표시를 했
다.

이내 신의철도 굳이 신경 쓸 필요 없다고 생각한 건지
나를 엘리베이터로 안내했고, 여전히 얼굴을 붉힌 채 안절
부절 못하는 김서영을 끌어다 엘리베이터에 태웠다.

삑—

위이잉—

"자, 그럼 우리가 어디까지 얘기 했었지?"

엘리베이터가 움직이기 시작하자마자 본론부터 꺼내 드
는 신의철이었지만, 나로선 기다리던 이야기인 만큼 자연

스럽게 대꾸했다.

"분명…… 그 일이 있던 밤, 잡은 세 명이 정보의 출처라고 알려 주면서 제가 모르는 얼굴 한 명이 아주 중요한 정보를 가지고 있다고 했었죠."

"아, 그래, 그랬지."

이제야 기억났다는 듯 눈을 깜빡이던 신의철은 곧장 말을 하기 시작했다.

"그래, 자네는 본인 스스로가 불의 능력자라고 생각해 왔지?"

"……네."

또 내 능력을 먼저 꺼내 드는 이유가 궁금했지만 어쨌거나 나와 관련한 중요한 정보라고 했기에 차분히 대답하며 그의 말을 기다렸다.

"그래, 청염은 기본적으로 사용할 수 있다고 했고…… 청염 이상의 백염과 흑염을 사용할 수 있다고?"

"그자를 통해 알아낸 건가요?"

나는 오로지 나를 빼고는 맞상대했던 쫄쫄이, 장보고 외엔 모르는 사실을 아무렇지 않게 말하는 신의철을 보면서 그날 홀로그램을 통해 봤던 얼굴을 떠올렸다.

"그래, 자네도 대충 그가 누군지 감이 잡힐 거야. 아마 그를 직접 보진 못한 것 같지만 그의 동료들은 본 것 같으니 말이야."

"장보고…… 그리고 리나라고 했던 것 같네요."

"그래, 리나라는 여자의 본명은 릴리아나라는 것 같더군."

이미 내가 숨기고자 했던 청염 이상의 불꽃에 대해 언급하는 그를 보며 나는 이렇게 된 그 부분에 대해서는 숨길 필요가 없다는 생각에 가볍게 고개를 끄덕여 줬다.

그렇게 나의 능력의 사실 관계가 확인되자 그는 눈살을 찌푸리며 나에게 중요하다는 진짜 본론을 꺼내 들었다.

"그래, 자네는 자네의 힘이 '규격외'의 것이란 것 정도는 인지하고 있겠지?"

끄덕—

내가 아는 상식선에서 청염이 우리가 볼 수 있는 불꽃 중 가장 강력한 불꽃이란 것을 깨달은 순간, 그 위로 나타난 불꽃은 정상적이지 못하다는 것을 눈치채고 있던 참이다.

"그래, 그렇다면 설명이 쉽겠군. 자네를 노리는 것은 바로 그 규격외의 힘을 노리고 있는 사람이야. 정확히는 힘만을 노리는 것은 불가능하니 자네를 원하고 있다고 해야겠지. 그리고 자네가 마주쳤다던 상대들…… 그 장보고와 릴리아나라는 여자들 역시 규격외의 힘을 지닌 자들이었을 거야. 그리고 자네가 이 히어로 일을 시작한지 얼마나 지났지?"

"삼 년…… 이 좀 넘었군요."

"그래, 자네는 그 수년간 이 일을 하면서 이상하다는 의문을 가진 적이 없나? 한정된 히어로로서의 인간관계, 일상에선 단 한 번도 마주해 본 적 없는 다른 능력자. 최근엔 부딪힌 일이 많지만, 내 조사대로라면 그전까지는 자네는 그런 일이 없었던 걸로 알고 있는데."

그 이전까지는 전혀 의문을 지니지 못한 일이었지만, 최근의 일들을 통해 나는 의심을 해 왔다. 아무리 듣도 보도 못한 초능력이 많다고 해도 한 사람의 일생을 조작할 수는 없다는 생각에 반신반의 해 오던 일이었다.

그리고 지금 신의철의 물음을 통해 확실한 정답을 알 수 있었다.

"설마…… 정말로 조작된 겁니까?"

끄덕―

신의철이 고개를 담담히 끄덕이는 모습을 확인한 순간, 나는 누군가 나의 일상을 조종하고 조율해 왔다는 사실에 분노를 느꼈다. 하지만 입술을 깨무는 것으로 일순간 붉게 점멸하는 시야를 안정시켰다.

그럼에도 불구하고 나의 분노가 흘러나온 것인지 신의철과 여전히 얼굴을 붉히고 있던 김서영이 화들짝 놀라 나를 돌아봤으나, 나는 그저 나를 다독이기에 바빠 그들을 볼 시간이 없었다.

띵동—

그 사이 도착한 신의철의 연구실은 내려오면서 봤던 이 곳의 전체 풍경과 맞먹을 만큼 신기한 것들의 향연이었으나 그 모습이 눈에 들어오지 않았다.

그렇게 얼마나 지났을까.

확실하게 마음을 다독인 내가 깨물었던 입술에서 비릿한 맛을 느끼고 세포를 활성화해 치유할 무렵, 어느새 연구실의 한복판에 서 있는 신의철이 나에게 말했다.

"슬슬 진정이 된 건가?"

"……기다려 주셔서 감사합니다."

이건 진심이었다.

나는 폭주 상태에 돌입할 만큼 분노가 치밀었던 상황.

그런 상황에서 괜히 누군가가 나를 달랜다고 말을 걸었다면 차분히 다독여 둔 마음이 크게 흔들릴 뻔한 위험했으니 말이다.

"감사할 필요는 없어. 꽤나 위험해 보이길래 혹시 '펑!' 터질까 봐 좀 떨어져 있던 것뿐이니까."

보란 듯이 나와 십여 미터 떨어진 곳에서 김서영의 손을 잡고 서 있는 신의철을 보면서 나는 다독여 둔 분노가 다시 치밀어 오를 뻔했지만 초인적인 인내심으로 이를 참아 냈다.

"그래, 진정이 되었다면 마저 이야기를 해 볼까? 혹시

터질 것 같으면 말하게. 우린 긴급 탈출을 해야 할 테니까."

"……."

다시 한 번 흔들리는 마음을 다잡고 적당히 고개를 끄덕여 준 나는 곧장 다시 시작된 신의철의 말에 귀를 기울였다.

"아마, 지금부터 나오는 이름은 잘 기억해 두는 게 좋을 거야. 단언컨대 그 사람이야말로 자네 일의 배후라고 확신하고 있거든, 나는."

끄덕—

내 묵직한 끄덕임에 만족스러운 미소를 지은 신의철은 말을 이었다.

"그의 이름은 오준영, 이곳 히어로 컴퍼니의 현 부회장으로, 현재 공석인 회장직의 업무를 대리 수행하고 있는 남자지. 연륜도, 능력도 뛰어난 히어로이기 때문에 꽤 많은 지지를 받고 부회장직에 선출된 사람이라, 지지 세력이 꽤 많은 편이야. 물론 지금은 신, 구 파벌 싸움 때문에 무소속인 그의 휘하에 큰 세력은 없고, 한 개의 특수 전대를 운용하고 있다고 알려져 있지. 그리고 그 특수전대가 바로…… 자네가 만나 온 사람들일 것이고."

'오준영이라…….'

단 한 번도 들어 본 적 없는 이름이다.

신의철의 태도는 마치 이름 정도는 들어 봤을 거다, 라는 모습이었지만, 나는 오늘 그 이름을 처음 들었다.

　'내가 아무리 이쪽 바닥 소식에 무지하다고 해도 나름 유명한 양반에, 현직 부회장이라면 이름 한 번 정도는 들어 봤을 법도 한데……'

　하지만 몇 번을 생각하고 다시 생각해 봐도 나는 그의 이름을 단 한 번도 들어 본 적이 없다.

　마치 누군가 그의 이름을 내 인식 범위에서 쏙 빼어 놓은 것처럼.

　하지만 그간 내 행적을 보건데 모른다고 해서 이상할 사람은 아니지 싶다.

　만약 진짜 그가 이 모든 일의 배후라면 이름을 감추려고 한 것일 수도 있고 말이다.

　흠칫!

　'뭐지? 이 자연스러운 합리화는?'

　분명 정보가 단절된 삶을 살았던 내가 부회장이라고는 하나, 상대가 회사와 관련된 인물이라면 모를 수도 있다. 또 그가 진정 이 일의 배후이고, 그쪽에서 의도적으로 감춰 왔다면 모를 수도 있다.

　하지만.

　'이 자연스러운 행동은 뭐지?'

　방금 전까지 수년간 나의 인생을 나 몰래 조종해 왔다고

하는 정체불명의 누군가에게 살심에 가까운 분노를 품고
있었으면서 정작 예상되는 대상의 이름을 들으니 별다른
생각도 들지 않고 오히려 침착하게 내가 그의 이름을 모르
는 것을 당연히 하며 넘어갔다.

물론 내가 이 순간 가장 합리적인 생각과 방금 전까지
나의 마음을 다스리는 행위를 했기 때문이라고 생각할 수
도 있지만…….

'분명 지금 이 순간도 그 정체불명의 인물에게는 이렇게
분노가 솟는데!'

오히려 상대가 오준영이라는 명확한 인물이 아닌 정체불
명의 누군가로 떠올리자 맹렬히 치솟는 분노는 나 스스로
도 지금 상태가 정상이 아님을 알리고 있었다.

혹시 이것은 초감각이 발동한 결과는 아닐까?

내가 가진 초감각이 오준영이란 이름의 사람이 나의 배
후가 아니라 다른 누군가가 있다고 지목하는 것은 아닐까?

하지만 초감각은 만능이 아니다.

비록 명확한 정보 없이도 정답에 가까운 결과를 도출해
내는 능력이 초감각이지만…… 지금 이 상황은 그런 상황
이 아니지 않은가?

머릿속이 복잡해지고 혼란이 찾아왔지만 그럴수록, 그의
이름을 떠올릴수록, 머릿속은 차분해진다.

'지금의 생각은 어쩌면 초감각조차도 오준영이란 이름

을 피하기 위한 합리화의 수단, 핑계로 사용되고 있는 것은 아닐까?'

거기까지 대답이 나온 순간.

찌릿!

"읏!"

마치 정전기마냥 머리를 짜릿하게 쏘고 지나가는 고통에 지금껏 생각하던 것이 모래성처럼 허물어져 내렸다.

그러자 나의 갑작스런 신음성에 걱정스럽게 나를 보는 시선과 날카롭게 나를 훑어보는 시선이 존재하고 있음이 느껴진다.

"괜찮……."

스윽.

걱정스러운 시선의 주인공이 나를 향해 무언가 말을 하려 하자 앞으로 나선 날카로운 시선의 사람이 이를 제지한다.

날카로운 시선이 말했다.

"낯선 곳에 오니 몸 상태가 별로 좋지 못한 듯싶군. 이야기는 나중에 좀 더 하고 일단 쉬지. 저기 침대가 있으니 따라오게."

끄덕—

그 자연스러운 모습이 왠지 이 상황과 맞지 않는 일이라고 느꼈지만 감각이 전해 주는 느낌과 달리 생각이 비어

버린 나는 그저 고개를 끄덕일 뿐이었다.

그러자 날카로운 시선이 나를 이끌고 어디론가 향했고, 왠지 기억이 날 듯 말 듯, 비슷한 것을 본 기분이 드는 기묘한 장치가 잔뜩 달린 침대에 나를 눕혔다.

본능은 이곳에 눕기를 거부하며 움찔움찔 반항을 했다. 그럴수록 나 스스로의 이상을 느끼며 간절해지는 휴식에 자연스럽게 침대로 몸을 향했다.

그리고 내가 자리에 눕는 순간 누군가의 목소리가 들려왔다.

"잠시 푹 자고 일어나면 훨씬 나아질 거야. 우리의 못다 한 이야기는…… 그때 하도록 하지."

그 말을 끝으로 내 시야가 까맣게 물들었다.

✦　✦　✦

삑! 삐빅! 띠디디딕!

"으음……."

태일이 잠들어 있는 검사대를 보며 신의철이 묵직한 신음성을 흘렸다.

'무엇이 문제일까?'

그는 스스로에게 질문을 해 봤지만, 혹시나 태일이 벌떡 일어나 설명을 줄줄이 쏟아 낸다면 모를까, 지금 이 순간

답을 알아낼 수 있는 것은 본인뿐이었다.

'몸 상태는 최상이고, 정신은 극도의 안정 상태야. 마치 뇌 기능이 멈춘 것마냥 잠을 자는 것보다도 훨씬 안정된 상태란 점이 마음에 걸리지만, 정신력이 뛰어난 초능력자라면 불가능한 일은 아닐 텐데……..'

하지만 그래선 태일이 아까 보인 그 행동과, 모습을 이해할 수가 없다.

어느 순간을 기점으로 흐리멍덩한 눈을 하고 신의철 본인의 말에 맹목적으로 고개를 끄덕이던 태일의 모습은 병원에서, 그리고 이곳에 내려오면서 봐 왔던 숨겨진 진실을 집어내던 태일의 모습과는 완전히 다른 모습이었다.

'일단 몸이 최상의 상태인 건…… 그의 초능력 탓일 확률이 크지. 그렇다면 이건 문제가 아니야. 그럼 저 극도의 안정 상태에 있는 정신이 문제인 걸까?'

하지만 이미 말했다시피 극도의 정신 안정 상태.

즉, '무념무상'의 상태는 초능력자들에게 있어서 이상한 일만은 아니었다.

특히나 청염 이상의 힘까지 사용하는 태일과 같은 고위급 초능력자라면 스스로의 정신력으로 자신을 관조하고, 이상을 파악하기 위해 무념무상의 상태에 드는 게 이상한 일이 아닐 것이니 말이다.

'그리고 그 외의 이상한 점을 찾자면…… 저 말도 안

되는 정신 에너지양인데······.'

태일이 잠든 사이 현재의 몸 상태에서 이상한 점을 찾지 못한 신의철은 내친김에 태일의 신체 능력과 초능력 수준을 테스트하기 위해 태일의 정신 에너지양을 살폈는데, 놀라지 않을 수 없었다.

신의철은 단언컨대 그와 같이 많은, 높은 수치의 정신 에너지양을 본 적이 없었다.

S급 능력자들도 태일만큼 많은 정신 에너지를 지니지 못했고, 만약 이만한 정신 에너지로 전력을 다해 초능력을 발동한다면, 천재지변을 일으킨다 해도 이상할 게 없었다.

'애당초 정신 에너지의 총량 자체가 규격외였으니, 초능력의 발동이 규격외의 형태로 나타나는 게 이상한 일은 아니었겠군.'

현재 지구상에 존재하는 에너지 중 가장 강력하고 순수한 에너지인 정신 에너지는 사람을 치료하고, 사람을 파괴하고, 물건을 만들어 내고, 물건을 지워 버리는 법칙을 무시하고, 기적을 행하는 힘이기에 저렇게 많은 힘이 존재한다면 태일의 불꽃이 청염의 한계를 넘어 나타나는 게 결코 이상한 일은 아니었다.

'하지만 여태껏 규격외로 나타났던 초능력자들 중에는 특별한 케이스이긴 하군.'

그간 규격외로 분류되어 온 초능력자들의 능력은 태일처

럼 그간 지구상에 알려진 법칙을 깨부수고, 그 이상의 새로운 힘으로 튀어나오는 것까지는 동일했지만…… 그것은 애당초 부여받은 초능력 자체가 교묘하게 법칙을 무시하는 형태로 발전하거나, 생겨난 경우였다.

그에 비해 태일이 법칙을 깨는 형태는 압도적인 정신 에너지로 초능력 자체에 차원이 다른 힘을 부여함으로써 규격외까지 힘을 진화시키는 방식이었다.

이해가 되지 않는 것은 아니지만, 오랜 역사 속에서 단한 번도 등장하지 않은 특이 케이스임에는 틀림이 없었다.

'현재 신체 능력은 S급을 넘어서 SS급으로 추정…… 거기에 초능력은 두말할 필요도 없고. 진짜 천외천이라는 말이 어울리는 괴물이구만.'

게다가 측정 대상인 태일이 잠에 빠져 있다는 점을 생각하면 신체 능력의 경우는 깨어난 상태에선 더욱 올라갈 수도 있었다.

"처음 시작이 D랭크 히어로라고 했었지?"

중얼—

"네, 넷!"

변해 버린 상사의 분위기 탓에 잔뜩 얼어 있던 김서영이 신의철의 중얼거림을 듣고 재빨리 대답했지만 신의철은 다른 고민에 빠져 있었다.

'D급이라…… D급?'

초감각, 진화하는 육체, 불의 능력자, 그간의 법칙을 파괴하는 불을 이용한 텔레포트 능력.

태일의 능력 중 '공식적으로' 등록된 능력들로 수준에 따라 큰 차이를 보이는 불의 능력자를 제외한다고 쳐도 저만한 능력들이 모였다면 최소 B급, 못해도 A급의 히어로라고 할 수 있다.

하지만 어째선지 태일은 D등급을 부여받았고, 수년간 자신의 진짜 등급도 모른 채 일종의 '관리'를 당해 왔다.

그렇다면 이것은 우연일까?

신의철의 얼굴이 한층 심각하게 굳었다.

'설마 태일 군이 히어로가 된 순간부터 관리를 해 왔다는 건가? 어떻게?'

비록 어떻게라고 묻긴 했지만 만일 오준영이 진짜 배후일 경우 불가능한 것만은 아닐 것이다.

사실 지금에야 파벌이 나뉘며 지지층이 약해진 탓에 상대적으로 영향력이 약해지긴 했으나, 태일이 입사할 당시 수년 전이라면 그의 힘이 확고했을 무렵인 만큼, 태일에게 몰래 손을 쓰는 정도는 일도 아니었으리라.

설령 그게 생활 속에서 다른 히어로들을 떨어뜨려 놓는 일 같이 막연한 일이라도 어려운 일은 아니었을 터.

하지만 그렇다고 한들 태일이 규격외 능력자라는 것을 알 수 있다는 것은 아니다.

규격외 능력자라는 것은 능력이 발현하고, 초능력이 몸에 완전히 안착한 후에야 안정적으로 나타난다.

그렇기 때문에 선천 능력자들을 제외하곤 입사를 위한 히어로 테스트에서 규격외 능력자가 나타난 사례는 전무한 상황.

또한 설령 태일이 조금 특수해서 입사 당시 규격외 능력을 뿜냈다면 능력이 발현됨과 동시에 특수 관리 및 특수 임무 요원으로 지정되어 모르는 사람이 없는 히어로가 되었어야 맞다.

시험이 치러지는 시험장 자체는 비공개지만 그 결과는 전체 히어로 모두가 맘만 먹으면 확인할 수 있는 구조로 되어 있으니 말이다.

그렇기에 질문은 어떻게가 아니라 어째서, 혹은 누가, 라고 할 수 있었다.

'당시 그의 권력을 생각하면 태일 군의 주변에 일어난 일을 설명 못할 것은 아니야. 하지만 그는 어떻게 태일 군이 규격외 능력자라는 것을 알았고, 어째서 그를 포섭하지 않고 수년간 남들이 접근 못하게만 해 둔 것일까?'

비록 오준영이 규격외 능력자를 모으는 이유에 대해서는 아직까지도 알 수가 없지만, 그가 수년간 그런 능력자들을 열심히 모았다는 것은 그의 측근으로 활동했던 신의철 본인이 아주 잘 알고 있었다.

'뭐, 지금은 데면데면해졌지만.'

오준영에게 태일을 지켜보란 말을 듣고 장원삼을 급파했던 신의철이었지만, 장원삼을 통해 들어오는 보고를 보면서 신의철 본인이 태일에 대한 흥미를 갖게 되었다.

재밌는 것에 대한 독점욕이랄까? 신의철은 그런 기분이었다.

애당초 오준영에게 붙은 것도 그가 꾸미는 정체 모를 일이 재미있어 보여서였다. 파벌에 속하지 않은 것도 제삼자의 입장에서 보는 게 더 재밌겠다는 생각한 탓이었다.

그렇기 때문에 태일에 대한 보고를 중단한 지 꽤나 오랜 시간이 지난 상태.

아마 오준영이라면 이런 신의철의 행동 변화를 옛적에 눈치챘을 터였다.

'그렇기 때문에 그 장보고라는 인물을 접촉시키고, 이번에 잡힌 나무의 능력자를 직접 투입한 것이겠지.'

이번 사건과 함께 신의철들에 의해 잡혀 들어온 사람은 총 세 명.

두 명은 당시 태일과 직접 싸웠던 박종오와 우지원이고, 태일이 알아보지 못한 마지막 한 명이 바로 오준영의 측근이자 나무를 다루는 규격외 능력자 장목영이었다.

규격외 능력자 치고는 허무하게 잡혔다 싶지만, 사실 그를 잡는 데 있어 신의철은 꽤나 많은 준비를 해야 했다.

반은 장난 삼아, 반은 파벌들의 움직임을 볼 요량으로
태일 곁에 미오를 보내고, 태일의 주변에 일어나는 일을
면밀히 관찰해 왔다.

 그러던 와중에 장원삼의 눈에 포착된 것이 바로 장목영
이었다.

 사실 장목영급의 능력자가 장원삼의 눈에 걸렸다는 것은
꽤나 어처구니없는 경우지만, 태일과는 달리 규격외 능력
자로 밝혀지자마자 오준영에게 포섭된 그는 의외로 실전
경험이 적은 편인데다, 설마하니 아무에게도 알려지지 않
은 본인의 얼굴이 발목을 잡을 줄은 몰랐기에 가능한 일이
었다.

 장원삼은 비록 B급이라곤 하나 정보 계통에선 알아주는
실력자. 그의 머릿속엔 한국 히어로들 대부분의 신상 정보
가 들어 있으며, 누가 어느 파벌에 속해 있는지도 알고 있
었다.

 그런데 그 와중에 나타난 얼굴을 모르는 능력자는 의심
을 사기에 충분했고, 그를 알아본 신의철에 의해 잡힌 것
이었다.

 '잡는 데 고생은 했지만, 그래도 덕분에 중요한 정보들
을 얻을 수 있었지.'

 오준영이 태일에 대해 관심을 가질 때부터 태일이 규격
외 능력자라는 심증은 가지고 있었지만 확신을 하지 못했

었다.

하지만 장목영의 기억을 통해 태일이 청염 이상의 불꽃을 쓴다는 것을 알자, 그가 그간 오준영에 의해 관리되어 왔다는 사실도 확신할 수 있었다.

그 외에도 특수전대에 관한 정보 등······ 결정적으로 오준영의 목적에 대한 정보가 없긴 했으나 고생시킨 값은 충분히 받아 낸 편이었다.

'하지만 그런 정보들로는 그가 태일 군을 관리만 해 온 이유나 태일 군이 규격외 능력자라는 걸 밝혀낸 방법을 설명할 수는 없어.'

그나마 가장 가능성이 높을 법한 가설은 태일이 시험 당시 규격외 능력을 발동했고, 이걸 누구보다 먼저 알아챈 오준영이 태일을 빼돌려 관리해 왔다는 건데······ 이미 말했다시피 그것은 불가능했다.

"시험장······ 시험장에서라······."

"아! 그러고 보니······!"

오랜만에 보는 상사의 진지한 모습에 얼어 있던 김서영은 신의철의 중얼거림을 듣고 있다 문득 생각나는 게 있다는 듯 탄성을 내뱉었다.

무엇인가 알아낸 것이 있다는 말인가?

비록 김서영에게 개인적으로 알고 있던 정보까지 알려 준 것은 아니지만, 장목영에게 정보를 들을 때는 김서영도

지금,
우리
동네에는

같이 있었다.

어쩌면 김서영도 지금 상황에 대해 떠오른 게 있을지도 모르는 일.

신의철은 그녀의 입사 당시 의무과에 배정받으려는 김서영을 발견했을 때의 눈으로 그녀를 바라봤다.

물론 김서영으로선 그런 건 아무런 생각도 해 보지 않고, 그저 시험장이라는 단어에 떠오른 것이 있었던 것이기에 상사의 시선이 부담스러워 시선을 조금 피하며 자신 없다는 듯이 말했다.

"그…… 그게, 태일 군이 여기에 처음…… 와 본다고 했었거든요."

그녀의 말이 끝난 순간 신의철은 진지한 표정으로 말없이 자리에서 일어났다.

그런 신의철의 행동에 김서영은 혹시 자신이 뭘 잘못 짚었나, 혹은 별 도움이 안 되는 말이었나 싶어 움찔하며 몸을 떨었다.

그리고.

쪽쪽쪽쪽쪽!

"아이구! 아이구 이쁜 것!"

"꺄, 까악! 뭐, 뭐하시는 거예요!"

얼굴 위를 무차별 폭격하는 신의철의 입술에 비명을 지르며 고개를 돌리는 김서영이었지만 작정한 듯 얼굴을 붙잡고 뽀뽀를 난사하는 신의철을 벗어날 수는 없었다.

그렇게 자그마치 몇 분간에 걸쳐 쏟아진 무차별 사심 담긴 폭격에 넋을 놔 버린 김서영을 뒤로한 채 신의철은 만족스러운 웃음을 지으며, 태일이 누운 검사대 주변에 온갖 복잡한 기기를 설치하기 시작했다.

특히나 태일의 머리 쪽에는 달린 스위치만으로도 머리가 복잡해지는 기계들이 배치되었다.

'이곳은 신입 사원들이 입사를 할 때 초능력을 시험하는 시험장이 있는 곳. 정상적으로 시험을 봤다고 한다면 그가 이곳에 대해 기억하지 못할 리가 없어!'

이곳은 한국 히어로 컴퍼니에게 있어선 일종의 비밀 기지이자 그들이 가진 저력을 보여 주는, 또한 힘을 측정하기 위해선 반드시 지나야 하는 통과 의례와도 같은 장소였다.

비록 각종 위험 상황일 때만 거점으로서 역할을 하고, 평소에는 일상에 지친 히어로들의 휴식처나, 연구 개발진들의 연구실 용도로 쓰이기 때문에, 최대로 활성화되었을 때에 비하면 화려함이나 활력은 떨어지지만, 그 규모만으로도 신입 사원들에게 힘을 보여 주기에 충분한 거력이 있었다.

그런 이유로 그 누구도 이 장소를 한 번 보면 잊지 못한다.

게다가 히어로의 능력 테스트는 특수 설비가 되어 있는 이곳에서만 진행이 되기 때문에 설령 각각 다른 지부에서 기초 훈련을 받는 히어로들이라도 초능력 확인만큼은 워프 게이트를 통해 모두 이곳으로 보내져 테스트를 받게 된다.

그런데도 불구하고 이곳을 알지 못한다는 것은 두 가지의 경우밖엔 없다.

'기억을 잃었거나, 애당초 이곳에 온 적이 없거나!'

신의철은 태일이 이 둘 중 하나에 해당하거나 혹은 둘 모두에 해당할지도 모른다고 가정하에, 사장급이기에 가지고 있을 수 있는 수많은 장비를 모두 동원하여 태일을 검사하기 시작했다.

그 결과.

"……이렇게까지 대놓고 머릿속을 휘저어 놨었단 말인가? 이런 상태로 여태껏 문제없이 살아왔다는 게 신기할 정도군."

태일의 머릿속을 들여다본 신의철은 기가 막힐 지경이었다.

장목영 때와는 달리 특별히 기억을 읽어 들이는 행위도 아니고, 단순히 검사를 위한 것뿐임에도 본능적으로 뇌를 보호하는 어마어마한 정신 장벽으로 인해 애를 먹었을 뿐 아니라, 이런 정신 방벽이 있는데도 불구하고, 머릿속에는 무언가 암시가 되어 있는 것인 듯 특정한 단어나 기억에 있어서 자연스럽게 인지를 빗겨 나도록 하는 장치와, 못해도 수년 전, 기억에 손을 댄 듯한 흔적이 있었기 때문이다.

히어로라곤 하지만 사람의 머릿속이란 건 연약하기 짝이 없어서 작은 충격에도 망가지기 십상인데, 이런 개조에 가까운 외압을 받고도 태일이 정상적인 사고를 하고 있었다는 게 믿기지 않을 정도였다.

'이걸 본인 스스로의 정신력만으로 커버해 왔다면 인류에서 손에 꼽히는 정신력의 소유자라고 할 수 있겠군.'

기억 조작이라든지 암시 같은 게 먹힌 일이 용할 정도의 정신력이었기에 아마 기억 조작이나 암시에 걸릴 당시에는 신체적, 정신적으로 특수한 제약이 있었지 싶었다.

'정녕 규격외의 히어로는 신인류급의 신 종족이란 말인가?'

히어로 컴퍼니의 사장으로 있으면서 남들보다 많은 정보, 많은 사람을 마주하다 보니 규격외의 초능력자들에 대해서도 주워들은 바가 많았다.

그때마다 신의철은 그들은 어쩌면 진화된 신인류일지도 모르겠다는 생각을 했던 적이 있었다.

비록 그 개체수가 압도적으로 적긴 하지만, 매번 잊혀질 만하면 나타나 순수 본인의 능력만으로 발칵 뒤집어 놓곤 하는 그들의 이능은 이미 인간의 한계를 초월한 다른 종이라 봐도 좋을 정도였다.

지금, 우리 동네에는

물론 그들에겐 낮은 정신력과 사고 수준이라는 구인류의 잔재가 남아 있었기에 정신적으로 문제가 발생하기 쉽다는 단점이 존재했고, 그들의 존재가 인류의 위치를 불안하게 한다는 연구자들에 의해 불안정하게 진화된 돌연변이라고 평가받아 왔지만, 지금 눈앞에 그런 단점조차 보완해 낸 완전체가 누워 있으니 놀라울 따름이었다.

'비록 기억이 조작된 부분은 결과가 어떻게 될지 모르겠지만 암시가 걸린 부분은 무언가 계기가 있던 것인지 스스로 정신 수복을 해 나가고 있어, 정말 놀라운 일이야.'

사람의 몸이 성장을 하고 다친 곳이 고쳐지는 것은 당연한 일이지만, 그게 겉으로 드러나는 육체가 아닌 정신이라면 이야기가 다르다.

보통의 사람이 정신에 상처를 받고 주변의 도움 없이 스스로 '치유' 해 내는 경우는 존재하지 않는다.

설령 스스로 자신의 트라우마를 극복했다 하는 이들이라도 마찬가지.

그들은 자신이 가진 상처를 덮어 놓고, 그 위에 새로운 것을 쌓아 올리거나 혹은 인간이 지닌 최대의 장기인 망각을 통해 회피한 것일 뿐, 스스로의 힘으론 상처 자체를 치료하진 못한다.

만약 스스로 상처를 치유했다고 믿는 이들이 있다면 그들은 자신의 주변을 잘 둘러봐야 할 것이다.

그게 과연 혼자만의 힘으로 이루어진 것인지 다시 생각해 볼 필요가 있을 테니 말이다.

어쨌든 인류는 정신적 상처를 치유하기 위해서 친구, 애인, 가족을 필요로 했고, 그들을 통해 물리적으로 정신적으로 자신들을 지켜 가며 지구상의 지배자로 군림해 왔다.

혼자서는 한없이 약한 동물임에도 여럿이 존재하기에 가능한 일이었단 말이다.

그런데 지금 신의철의 눈앞에 스스로의 정신에 생긴 괴리를 스스로 치유해 나가는 인류의 탈을 쓴 신인류가 존재하고 있었다.

비록 과거 기억이 만져진 부분에 대해서는 수복하지 못하고 있지만, 이는 그 파괴 정도가 너무 커서 자체 수복량을 넘어선 것일 뿐, 만약 피해 정도가 적었다면 이조차도 스스로 치유했으리라.

"정말 괴물 같군…… 아니, 이미 괴물인가? 어쨌든 이로써 확실한 것은 오준영이 그에게 정신적 금제와 기억 조작을 했다는 것이고, 흔적을 토대로 한다면 시기는 입사 시험 당일 정도일까. 테스트 당시의 기억을 조작한 것인지, 아니면 테스트 자체가 조작이었는지도 불분명하지만…… 이 능력을 보아하니 오준영이 왜 그리도 규격외 능력자들을 포섭하는지는 알겠군."

신의철의 손에 잡힌 장목영이란 예외가 있긴 하지만, 만약 장목영이 신의철이 준비한 함정에 빠진 게 아니었다면 애당초 잡는 거조차 불가능했을 것이다. 또한 지금 오준영 곁에 모인 규격외의 초능력자들과 규격외로 오해받을 정도의 능력자들이 전부 들고 일어난다면 지금의 회사의 공식적인 힘만으로는 막기 힘들 것이다.

원한다면 나라 하나 정도는 우습게 전복시키고도 남을 것이다.

'하지만 오준영 그 사람이 국가 전복 따월 노릴 만한 사람은 아닌데…….'

그에 대한 어떤 절대적인 신뢰나 그런 게 있는 것은 아니지만, 그가 흥미를 가지는 것이 결코 그런 것이 아닐 것임은 짐작 할 수 있었다.

만약 그의 힘이 전성기였을 때 그를 지지하는 휘하의 히어로들과 회장 대리로서의 힘을 맘껏 활용했다면 이미 대한민국과 회사는 그의 손아귀에 있었을 테니 말이다.

'그렇다면 그에게 있어 힘을 모으는 것은 무언가 특별한 이유가 있다는 것인데…….'

단순한 수집욕이 아닐까 생각도 해 봤지만, 그가 필요하지 않는 개를 키우지 않는다는 것은 그의 밑에서 일해 본 신의철 본인이 가장 잘 아는 사실이었다.

'일반적인 히어로의 힘을 뛰어넘는 힘이 필요한 무언가가 있다는 말인데…… 역시 그 파견과 관련한 일인가?'

태일이 은빛과 첫 만남을 가지면서 벌였던 일의 징계 조치로 내려졌던 파견 임무.

비록 신의철 본인이 이선영 본부장을 시켜 사인을 받아오게 했지만, 사실 신의철도 파견지에서 무슨 일이 일어나고 있는 것인지는 확실히 알지 못했다.

그저 그곳에 히어로들을 보낼 때는 언제나 유서를 적게 했고, 아직까지 멀쩡한 모습으로 복귀한 히어로가 없다는 점 때문이기도 했지만, 의도적으로 오준영이 이에 관한 정보를 차단하고 있는 탓이기도 했다.

그랬기 때문에 태일이 규격외 능력자라는 것을 깨달았을 때는 오준영이 그에게 파견 서명을 받게 한 게 태일을 포섭하기 위해, 우선 코를 꿰는 작전이라고 생각했었다. 하지만 지금 와서 생각해 보니 파견지 자체에 그의 목적이 있을지도 모르겠다는 생각이 들었다.

'확실히…… 고위급 히어로들도 파견되면 사지 멀쩡히 돌아오기 힘든 일이 아니고서야 그만한 무력이 필요할 이유가 전혀 없으니까.'

하지만 아직까지 확실한 것은 아무것도 없다.

어느 것 하나 속단하기 이른 상황이기에 신의철은 이 이상 고민하는 것을 멈췄다.

"일단 깨어나면 암시가 풀렸을 테니 새롭게 떠오르는 점에 대해 묻고 잃어버린 기억이 무엇이든 최대한 수복해 낼 수 있게 자극하는 수밖에."

　그렇게 여전히 잠에 빠진 태일을 노려보며 그가 깨어나면 당장에 할 일을 정리해 나갔다.

❖　❖　❖

　쿡쿡쿡!

　'아이고 머리야…….'

　머리가 엄청나게 쑤신다.

　초능력을 가진 이후로 겪어 본 전례가 드문 두통이란 낯선 감각에 머리를 가누는 게 힘들 지경이었지만, 나를 향한 채 주변을 에워싸고 있는 정체불명의 기기들의 모습에 벌떡 자리에서 일어났다.

　쪽쪽……!

　음……!

　그 순간 나를 향해 쏟아지는 딱 달라붙은 남녀의 시선에 깨어날 타이밍을 잘못 잡았다는 생각과 함께, 아까 엘리베이터에 타기 전 신의철이 김서영에게 했던 말의 결론이 나름 해피엔딩이라는 생각에 묘한 안도감을 느꼈다.

　'만약 좋게 결론이 안 났다면 직장 내 성희롱으로 고소당해도 할 말이 없어 보였으니까.'

　비록 여전히 의심거리 투성이의 신의철이지만, 그래도

회사의 사장이 성희롱으로 고소당하는 장면보다는 훨씬 나아 보였다.

어쨌든 내 방해 탓인지 재빨리 마주하고 있던 입술을 뗀 둘 중 남자, 신의철은 작게 헛기침을 하며 변명을 했다.

"흠흠, 자네가 너무 오래 안 깨어나니 심심해서 말이야……."

"제가 자릴 잘못 잡았네요. 하필 침대에 누워 있었다니."

"그래서 내가 자넬 옮기자고 했는데……."

심심해서라는 말에 한 번, 옮기자고 했다는 말에 한 번, 총 두 번에 걸쳐 살기가 쏟아지는가 싶더니 이내 김서영은 가타부타 말없이 누가 봐도 씩씩거리는 걸음걸이로 이곳 한구석에 마련된 방으로 들어가 버렸다.

"……이래도 되는 겁니까?"

"오늘따라 많이 삐진 거 같긴 한데…… 그래도 금방 풀 자신 있으니까 걱정 안 해도…… 되겠지 아마?"

"그걸 저한테 물으시면 안 되죠."

왠지 이 둘의 관계가 마지막 관문을 통과하기까지 험한 여정이 기다리고 있을 것 같다는 직감이 스쳐 지나갔지만 일단 지금 상황에 대해 설명을 들어야겠다는 생각에 신의철에게 물었다.

"그래서…… 지금 이 상황은 어떻게 된 거죠?"

"흠, 그래 여기에 누워서 잠든 건 기억나나?"

지금 우리 동네에는

"뭐, 어렴풋이 기억이 나네요."

무언가에 홀린 듯, 오준영이란 이름을 듣는 순간 정신이 흐릿해지고 정체불명의 거부감이 이름 언급을 꺼려 하며 합리화를 시도했던 걸로 기억한다.

'그리곤 잠에 들었지.'

"……어렴풋이는 아니고 꽤나 명확하게 기억나는군요."

"그래? 역시 암시의 키워드는 '오준영'이라는 이름이었나 보군."

"그 부회장이라는 사람이요?"

"그래. 자네가 쓰러진 사이 머릿속을 좀 검사해 봤는데, 어디서 당한 건진 몰라도 누군가에 의해 암시를 통한 금제가 되어 있더군. 어떤 단어를 들으면 자체적으로 우회를 하는 식의 암시로 파악되었고, 자네가 갑자기 그런 상태가 되었던 것을 생각해 볼 때 그전까지 나눈 대화 중에 문제가 있었을 거라 생각해 말한 것들 중 일상어를 제외하니 남는 단어가 그 이름뿐이더군."

"……암시라."

내가 잠든 사이에 머릿속을 검사했다는 말에 조금 거부감이 들긴 했지만, 그래도 그로 인해 무언가 찾아냈다는 것은 꽤나 다행스러운 일이었기에 추궁하고 싶진 않았다.

하지만 지금 대화를 통해 의문점이 생겨 묻지 않을 수가 없었다.

"그런데······ 암시가 걸려 있던 것 치곤 지금은 꽤나 자유롭게 말하는데요? 혹시 그 오준영이란 이름을 말할 때 뭔가 특별한 조건이 충족되야 하는 건가요?"

이 질문은 꽤나 중요한 질문이었던 것인 듯 신의철의 표정이 꽤나 진지해졌다.

"아니, 그런 건 아니야. 자네 주변에 오준영이란 사람이 있었으면 어땠을까 싶을 만큼 단어 하나만으로 발동하는 어찌 보면 절대적인 암시였지. 그런데 그 암시는 풀렸다네."

"······암시를 풀어 주셨다는 의미인가요?"

절레절레—

내 물음에 고개를 흔드는 신의철을 보면서 의문이 들지 않을 수 없었다.

암시가 풀렸는데, 암시를 알아낸 그가 풀지 않았다는 것은 이해가 되지 않는 말이었다.

"그 암시는 자네 스스로 풀어냈어, 정확히는 발동과 동시에 풀리기 시작했지."

"······암시란 게 그렇게 쉽게 풀리는 건가요?"

자고로 암시라 함은 사람 머릿속에 배경처럼 녹아드는 것으로 이성을 무시하고 스스로에게 배여 드는 것이다.

암시에 걸린다면 그 암시는 걸린 이에게 있어 당연한 상식이자 진리로, 응당 그렇게 해야만 하는 것이 된다.

이는 누군가 옆에서 그게 무엇이 틀린 것인지, 무엇이 잘못된 것인지, 명확하게 주지시켜 주기 전까지는 스스로는 파악할 수 없는 것이기에 스스로 이를 풀어낸다는 것은 불가능에 가까운 일이라고 할 수 있었다.

"그것참 믿기 어려운 일이네요."

"하지만 믿을 수밖에 없겠지. 애당초 나는 그렇게 '강력한' 암시를 풀 수 있는 능력이 있는 것도 아니거니와…… 솔직히 자네의 정신 장벽을 뚫고 머릿속을 검사하는 것만으로도 벅찬 일이었거든."

"……?"

내가 그의 말을 잘 이해하지 못하는 듯하자 그는 이런 내 반응을 기다렸다는 듯 한참을 신나게 설명하기 시작했다.

규격외 초능력자들은 대게 어떻고, 정신력이 어떻고, 새로운 발견으로 그간 정신적 문제로 규격외 능력자를 무시하던 인간들 콧대를 꺾을 수 있다느니, 하면서 잔뜩 늘어놨지만 이야기의 흥미에 비해 결국 결론은 이것이었다.

"그러니까 결론은 제 정신 방벽과 정신력이 특수해서 스스로 머릿속의 오류를 찾아내고 수정했다는 것이네요?"

"뭐, 쉽게 말하자면 그렇지."

이렇게 말하면 될 것을 뭐 그리 길게 설명하는지.

물론 그냥 이렇게만 말했다면 나 역시 납득하는 데 꽤나 시간이 필요했을지 모르지만, 최소한 방금까지 들은 수준의 장황한 설명은 필요 없었을 것이다.

"그래서 말인데, 혹시 암시가 걸렸을 만한 상황에 빠진 적이 있었나? 최근에 말이야."

"최근이라……."

한번 곰곰이 생각을 해 보니 근래에 정신줄을 놓는 사태가 워낙 많아서 정확히 꼽기가 힘들었다. 그리고 이때 머릿속으로 한 장면이 스쳐 지나갔다.

"아, 그때!"

"호, 뭔가 기억난 건가?"

지금 떠올린 것은 의심하는 게 당연할 만큼 수상한 일이었지만, 어째선지 암시가 풀린 지금이 돼서야 머릿속에 떠오른 기억이었다.

'어쩌면 이것도 암시를 통해 같이 봉인한 것이었을까?'

나는 눈을 빛내고 있는 신의철을 위해 몇 주 전 내가 쫄쫄이와 만났던 순간부터, 한바탕 싸움을 벌이고 나서 어째선지 집에 아무렇지 않게 누워 있던 일을 설명했다.

내 설명을 듣는 신의철은 머릿속을 검사만 한 게 진실인 듯 흥미롭게 내 이야기를 들었고, 내가 여태껏 이 수상한 일을 기억하지 못하고 있었다는 것을 말했을 때야 입을 열었다.

"흐음…… 그 역시 암시에 포함이 되어 있었나 보구만."

"역시 그런가요?"

기억 속에서 완전히 삭제된 것도, 다른 기억으로 대체된 것도 아니며, 머릿속에서 분명히 떠올릴 수 있고, 가끔 떠올려 보기도 했지만, 당시의 일에 대해서 나 스스로가 이상할 만큼 자연스럽게 합리화했던 기억이 있는 것을 보면…… 신의철의 말이 틀리지 않아 보였다.

"그나저나 배후를 알았으니 어쩐다……."

내 말을 모두 듣고 난 신의철이 내가 정신을 잃었을 때 암시에 걸린 게 분명하다고 말하고는 곧장 꺼낸 말이었다.

하지만 나는 이 고생을 시킨 오준영 부회장과 담판을 지을 생각이었기에 곧장 답이 나왔다.

"뭘 어떡합니까? 가서 따져야죠."

"……무슨 수로?"

"네……?"

예상치 못한 질문인 탓에 반문하자 신의철이 굳은 얼굴로 말했다.

"오준영 부회장이 있는 곳은…… 맘만 먹으면 금방 알아낼 수 있어. 최근엔 칩거 생활을 하는 듯싶지만 공식 일정에는 꾸준히 얼굴을 비치고 있으니까. 그때만 노려도 찾아가는 게 어려운 건 아니야. 게다가 그의 직속 부하 중 맞상대했던 쫄쫄이, 그러니까 릴리아나라는 여자가 있으니 당시의 일에 대해 추궁하는 것도 어려운 것은 아니야. 하지만…… 이걸로 어떻게 그와 담판을 지을 생각이지?"

"……"

"규격외 능력자인 릴리아나는 그에게 있어 버릴 수 없는 패일 테니, 토사구팽하면서 혐의를 부인할 일은 없을 테지만, 우리는 이렇게 확신을 지니고 있어도 그쪽에서 발뺌하려면 얼마든지 할 수 있어. 아니, 오히려 당시 자네가 싸웠던 상황을 떠올려 보면 역으로 추궁을 당할 수도 있겠지. 그때 시비를 건 것은 자네 쪽이었으니까. 그뿐인 줄 아나? 지금 장목영이 잡혔기 때문에 오준영은 오히려 이를 갈고 있을 거야. 건수만 있다면 내 쪽에서 장목영을 빼낼 생각을 하고 있을 테고, 여태껏 노려 왔던 자네를 얻기 위해 수단과 방법을 가리지 않을 테지."

특별한 반박거리가 떠오르진 않았지만, 그래도 말이 통하지 않을 경우 사용할 수 있는 수단이 있지 않은가?

내가 잠시 내 손을 내려다보자 마찬가지로 내 손으로 시선을 옮긴 신의철이 말했다.

"혹시 자네의 힘을 믿는 건가? 분명 자네의 활성화 능력은 수준을 달리하는 규격외의 힘이긴 하지. 단순히 몸을 강화하는 것을 떠나 공기 중의 에너지로 만드는 불꽃으로 불의 규격외 능력자가 사용할 수 있다는 상위의 백염과 흑염을 사용할 수 있을 정도니, 연구만 한다면 다른 규격외 능력자들의 능력도 비슷한 방식으로 운용할 수 있을지도 모르겠군. 하지만 그건 자네 개인의 힘이야. 강력한 힘이긴 하지만 자네에겐 지켜야 할 것이 많다는 것을 알 테지? 자네 혼자 힘으로 그 모든 것을 지킬 수 있으리라 생각하는 건가?"

"……"

신의철의 말에 따라 나는 어느 영화 속 주인공들 마냥 혈혈단신에 오늘만 보고 사는 인간이 아니었다.

언제나 합리적으로 생각하는 현대인은 지금을 살면서도 내일을 걱정하고 십 년 후를 걱정하며, 나아가 노후를 걱정한다.

게다가 지금의 문제는 경우에 따라선 누군가의 목숨과 직결될 수도 있는 문제들, 그런 면에선 지켜야 할 대상이 많고, 그들에 대해서도 공개되어 있는 내가 압도적으로 불리한 상황이었다.

'이래서 히어로들이 민간과 연을 많이 맺지 않는군.'

현실에 살아가지만 현실 밖에 존재하는 히어로, 입사교육 당시 민간인과 연애할 때는 회사에 등록해서 연인을 회사의 비호 아래 두라고 했을 때만 해도 인권 침해, 사생활 침해라고 생각했지만, 이런 상황에 들고 보니 고개가 끄덕여진다.

'지켜야 할 사람들이라……'

가장 먼저 떠오른 것은 은빛.

부모님이 들으면 섭섭하실지 모르겠지만, 짧은 시간 나에게 다가온 은빛이란 존재는 이런 상황에서 부모님보다도 먼저 떠올릴 만큼 내게 있어 중요한 존재가 된 상황이었다.

아니, 그보다도 최근 나의 행적에 있어 부모님과의 접촉이 손에 꼽았던 만큼, 가장 위험한 사람이 은빛이기도 했다.

'그리고 부모님.'

부모님…….

비록 두 번째로 떠올리긴 했지만, 결코 은빛과의 간격이 크지 않았기에 나에게 있어 너무나도 중요한 분들이었다.

그리고 오준영이 만약에라도 나를 통제할 생각이라면 가장 합리적인 방법인 은빛을 포함한 셋을 동시에 위협할 게 빤한 만큼 그분들의 위험도 은빛 못지않았다.

이 외엔 여태껏 지켜 온 나의 일상 정도.

세상을 살면서 자신에게 인질로 효과가 있을 인물들에 대해 떠오르는 이들이 이것밖에 없다면 꽤나 씁쓸한 이야기지만, 나에게 있어선 다른 이들이 떠올릴 수많은 사람들을 합친 것 보다 이들의 안위가 중요했다.

그리고 지금의 현실은 양지에선 권력자로, 음지에선 또 다른 음모를 꾸미는 남자를 상대로 복수극을 펼치기엔 내가 가진 힘이 모두를 지켜 가며 그를 상대하기에 턱없이 모자랐다.

'그렇다면 나는 그에 대한 복수를 포기해야 하는가?'

수년간 나의 삶을 농락하고 나의 힘을 노려 온 상대에게 굴종해야만 하는가?

여기서 가장 현실적인 답을 떠올린다면 나는 내가 한 질문에 고개를 끄덕이는 게 맞다.

나에겐 모두를 지킬 힘이 없고, 이 상황을 확실하고 안전하게 끝내기 위해선 내가 그의 밑으로 들어가는 게 가장 최선의 방법.

그렇다면 나도, 주변인들도 신변을 보장받고, 지금까지와 같은 농락 역시 당할 일이 없을 테니까.

하지만 그래서는…….

이 일을 통해 내가 오준영에 대해 갖게 된 감정들 그간 내가 겪어 온 일에 대한 보상 심리, 자존심 등, 해결해야 할 문제가 너무 많았다.

하지만 그럴수록 부모님과 은빛의 얼굴은 더욱 또렷해졌다.

"……."

머릿속으로 많은 생각이 교차하고 온갖 것들이 떠올랐다.

내가 이성과 감정 사이에서 현명한 판단을 위해 저울질을 하고 있을 때 신의철이 입을 열었다.

"그래서 말인데……."

"……?"

왠지 조심스럽게 말을 꺼내는 신의철의 모습이 이상해 보였지만 나에겐 그의 말을 듣는 것 외에 선택지는 없었다.

"우리에게 부족한 건…… 명확한 증거와 명분이지. 거기에 힘도 부족하고 말이야 안 그래?"

끄덕—

그렇다. 부족한 건 명분과 증거, 거기에 더해서 힘.

그중 중요 순위로 따진다면 명분과 힘이 딸려 오는 증거가 가장 중요할 것이다.

내가 아무리 이런저런 피해를 설명해도 물증이 없는 한 나를 돕거나 지지할 사람이 있을 리 없었다.

설령 신의철이 나를 지지해 준다고 해도 어디에도 소속되지 않은 그의 힘으로 부회장인 오준영에게 피해를 주기는 힘들 것이다.

그렇다고 나 혼자 날뛰는 것은 무모한 상황.

그렇기에 여론을 만들고 공공의 적이란 인식을 만들 수 있는 명확한 증거가 있어야만 했다.

"그렇다면 증거를 캐내 보지는 않겠어?"

"……무슨 방법이 있는 겁니까?"

"방법 자체는 어렵지 않지만…… 위험해서 말이지."

그렇게 말하며 눈을 빛내는 신의철을 보아하니 일부러 나의 관심을 유도하느라 낚싯대로 미끼를 흔드는 것처럼 보였으나 나는 고인 물 속에서 굶주려 죽어 가는 물고기였다.

빤히 보이는 것이지만 미끼를 물 수밖에 없었다.

"무슨 방법이죠?"

씨익—

나의 물음에 나의 이런 반응을 기다렸다는 듯 씨익 웃어 보인 신의철은 나에게 계획에 대해 설명했다.

"직접 잠입하는 것이지!"

"잠입?"

자연스런 나의 반문에 신의철은 흥이 난 듯 설명했다.

"그래, 자네의 상황은 결국 이성적으로 생각할 때 오준영의 밑으로 들어가는 게 당연한 상황이야. 그것은 오준영도 분명 알고 있을 터, 만약 자네가 직접 그에게 찾아가 밑에 들어가길 원한다면…… 의심은 살 테지만, 자네에게 직접 수작질을 부려 가면서까지 고이 모셔 뒀던 만큼 거절하진 않을 거야."

"하지만…… 확실히 위험하긴 하군요. 오준영 부회장이 의심할 건 두말할 여지가 없으니, 오늘과 같은 암시가 또 걸리지 말란 법이 없어요."

"하지만 암시를 풀었잖아? 한 번 풀린 암시는 두 번, 세

번 계속 풀 수 있을 테지. 물론 기억이 조작…… 혹은 붕
괴된다면 복구되지 않은 자네의 기억처럼 돼 버릴 수도 있
겠지만, 밑으로 들어왔고, 자네를 써먹을 생각인 이상, 자
네에게 직접적인 해를 끼칠 수 있을 만한 행동을 할 수는
없을 거야. 만약 말을 안 듣는다 싶으면 본인의 목숨이나
자네 친인척 등 지인들을 이용해 협박을 하는 식의 수단이
많으니까. 본인의 목숨과 지인들을 위한다는 판단하에 직
접 숙이고 들어온 이상 안 먹힐 리 없는 협박이니까."

"잠깐…… 기억이 조작되었다고요?"

"아, 그러고 보니 말을 안 해 줬나?"

그는 마치 깜빡했다는 듯 나에게 설명을 하기 시작했다.

수년 전, 꽤나 오래전의 내 기억의 일부가 손상되고, 조
작이 된 걸로 추정이 된다는 이야기.

그것은 손상 정도가 심해서 자력으로 회복이 되질 않고
있다는 사실과 함께 내가 기억을 조작당한 시기가 입사 시
험이 치러지던 날일 가능성이 높으며, 그렇게 생각하는 이
유까지 세세하게 설명했다.

"이거 꽤나 중요한 이야기를 깜빡할 뻔했구만."

"……."

"그래, 말이 나왔으니 말인데 내 생각에 자네의 기억 조
작은…… 굉장히 어려웠을 게 분명해. 그렇다면 자네에 대
해 오래도록 관리를 해 온 녀석들 입장에선 분명 이와 관

지금,
우리
동네에는

련된 자료가 있을 거란 말이지. 만약 그걸 찾는다면 막연하게 어디 있는지 모를 증거와 명분을 찾는 것보다는 훨씬 편할 거야."

나는 이미 내 기억이 조작된 상태라는 사실에 얼굴을 굳혔지만, 신의철은 이에 아랑곳 않고 오히려 명확한 목표가 생겼으니 행동하기 한결 쉬워질 것이라고 직접 설명했다.

'그래, 분명 맞는 말이지. 어떤 부분에서 조작이 된 것인지는 명확하지 않지만…… 이미 기억이 손상된 건 벌어진 일이고, 이제 와서 어떻게 할 수는 없어. 그렇다면 지금으로선 그의 말대로 기억과 관련한 자료를 찾는 게 나에겐 더 도움이 되는 일이지. 그걸 통해 기억을 되찾을 수 있을지도 모르니 말이야.'

하지만 그의 말을 듣고 그에 대해 명확히 느낀 바가 생겼다.

그를 언제까지고 믿어서는 안 된다는 것.

여태껏 그의 설명대로라면 그는 재미를 위해 오준영 밑에서 일해 왔고, 나를 감시했으며, 나를 도운 것이 분명하다.

그것은 방금 나의 기억 조작에 대해 설명하는 그의 모습을 통해 분명히 알 수 있는 사실이며, 그간의 행적만으로도 증명이 가능한 부분이었다.

그리고 이것이 말하는 것은 한 가지.

'그에게 흥미를 줄 수 있는 소재로서 가치가 떨어지면 버릴 거야.'

물론 그건 '나'라는 흥미로운 존재에 관한 일이 결말을 맺게 되면 겪게 될 일이기에 당장에 걱정할 일은 아니었지만, 언제나 기억해야 할 일이긴 했다.

내가 재미없어지면 새로운 재미를 찾아 그가 움직일 것이라는 점은 분명한 사실이니까.

내가 이런 생각을 하는 사이 그는 신이 난 표정으로 나에게 구체적인 계획을 설명하기 시작했다.

"그래, 그냥 숙이고 들어가는 것은 의심을 사기에 쉬울 테니 조금 선물을 가지고 들어가자."

"……선물?"

"그래, 선물! 지금 나에겐 오준영에게 있어 중요한 전력 중 하나인 장목영이 잡혀 있지! 그리고 오준영은 그가 필요할 테고 말이야…… 그리고 자네의 눈앞에는 오준영에게 있어 배신자인 나! 신의철이 서 있지!"

"……그 말은 내가 당신을 배신하고 오준영에게 붙는 척을 하라는 말이군요."

"그래! 정말 이해가 빨라서 대화하기 좋다니까!"

'확실히…… 그 방법은 좋은 방법이겠군. 물론 이것 역시 의심을 피할 수는 없겠지만 무작정 맨몸으로 들어가는 것보다는 훨씬 효율적일 테니까, 하지만…….'

분명 좋은 방법이긴 하나 짚고 넘어갈 것이 있었다.

"하지만 문제가 있군요. 제가 지닌 힘이 아무리 강력하다곤 하지만 사장님이 특별히 관리를 하고 있는 그를 빼낸다는 것도 현실적으론 어려운 일이고…… 그렇게 되면 사장을 공격한 히어로가 될 수밖에 없죠. 그렇다고 사장님이 아무렇지 않게 공식 활동을 한다면 제가 그를 빼내 온 과정에 대해서 의심이 생길 테니까요."

"호오, 확실히 그렇군. 하지만 그 정도는 해결할 수 있어. 사실 전투력 병력으론 취급 못 받는 나를 뚫고 잘 보관되어 있는 규격외 능력자를 데리고 탈출하는 것은 자네에게 어려운 일이 아니란 것은 확실하니까. 그러니 남은 문제는 내가 자네에게 뒤통수 맞았다는 사실을 유포하지 않고, 활동 없이 잠적해야 한다는 것일 테지?"

"뭐, 선행 조건이 그렇게 해결될 정도라면, 그렇죠."

"그럼 그렇게 하지 뭐. 마침 쉬고 싶기도 했고."

"……."

아무렇지 않게 회사의 사장이 쉬고 싶어서 잠적하겠다고 말하는 꼴을 보면서 용케도 이 회사가 여기까지 굴러 왔구나 생각이 들었다.

"뭐, 내가 잠적해 버린다면 오준영은 당황은 할 테지만, 납득하지 못할 정도는 아닐 거야. 만약 내가 자네에게 피습…… 혹은 무언가 뒤통수를 맞았다고 한다면, 나로선 나의 상황이나 자네의 상황에 대해 말을 하지 않으면 안 되고, 언제나 방관자로서 일을 지켜보기만 하고 거의 개입하지 않던 나이기에, 복잡한 걸 싫어한다는 성격을 아는 오준영으로선 나의 잠적을 납득할 테지. 게다가 나는 나의 일을 대신할 수 있는 유능한 비서가 있으니 한동안 잠적을 한다고 해서 크게 누가 나를 찾을 일도 없을 테고 말이야."

"……그래도 되는 겁니까?"

"물론! 게다가 그사이에 하면 딱 좋을 일이 떠올랐거든!"

그렇게 말을 줄인 그는 '궁금하지? 궁금하지?' 하는 눈빛으로 나를 잔뜩 쏘아보았고 나는 어쩔 수 없이 고개를 끄덕였다.

"그래! 그렇게 궁금하다면 설명을 해줄 수밖에! 나는 대외적인 활동을 하지 않는 대신에, 각 파벌에서 힘을 끌어들일 거야!"

"파벌에서……?"

"그래! 아마 증거를 찾아낸다고 한들 그것으로 압박을 가할 수 있는 것은 얼마 되지 않을 거야. 증거를 기반으로 여론을 모은다고 해도 히어로 대부분이 파벌에 소속된 이상, 앞장서서 나서기도 힘들 테지. 그러니 우리는 파벌 그 자체를 끌어들이는 거야! 그렇게 한다면 우리에게 동조하지 않는 인물들이라도 파벌에 몸담은 이상 끌려올 수밖에 없을 테지!"

"확실히 좋은 방법이긴 합니다만……."

확실히 힘이 모자라는 우리에겐 더없이 좋은 방법이긴 했다.

하지만 이를 실행하기 위해선 결정적인 한 가지가 부족했다.

"미끼를 생각하는 거지?"

"……그렇습니다."

내가 아무리 억울함을 하소연하고 증거를 들이민다고 한들 아무런 이득 없이 그들이 움직일 리가 없다.

개중에는 나의 사연에 끌려오는 이들도 있겠지만, 그들로는 필패가 불 보듯 뻔했다.

그렇다면 거대 세력을 우리 편으로 끌어들이기 위한 좋은 먹이가 있어야만 한다는 것인데…….

척!

"미끼야 많지!"

그렇게 외치며 손끝으로 나를 가리키는 모습이 의문을 만들었고, 그 손끝의 의미를 찾아 잠시 고민하던 내가 직접 나를 손가락으로 가리키자 신의철의 고개가 크게 끄덕였다.

"그래! 바로 자네가 이 일의 가장 최적화된 미끼라고 할 수 있지! 그들 같은 거대 세력에게는 이미지 메이킹 같은 전략이 필요한 법이거든! 하지만 그들은 모두 히어로! 그들의 일상이 민간인의 구출이고, 세계 평화를 지키는 일이니, 평범한 미담 같은 걸로는 이미지를 만들어 줄 수 없겠지…… 같은 히어로의 억울함을 풀어 준 사연이라면 어떨까? 그것도 '전형적인 악당의 음모'에 빠진 히어로를 구해 주는 사연이라면?"

"악당이라……."

"게다가 그 대상이 규격외 능력자와 같이 개인만으로도 큰 힘을 가지는 자네라면 굳이 오준영이 아니더라도 어느 곳에서든 원하기 마련이지. 그뿐인 줄 아는가? 지금 오준영의 힘이 약해졌다곤 하지만, 그는 언제고 재기할 수 있는, 말하자면 웅크리고 있는 거인이야. 그런 그는 각 파벌에 있어서 큰 골칫거리지. 비록 지금은 힘이 팽팽하게 나뉘어 대립각을 세우고 있긴 하지만, 그들 중에는 분명 오준영이 일어나면 오준영에게 붙을 생각을 지닌 이들도 있을 터. 오준영은 그들에게 불확실한 위험 요소일 수밖에 없어."

"저를 이용해서 오준영을 칠 생각을 한다는 것이군요."

나를 미끼로 한다는 것은 별로 마음에 들지 않는 일이었지만 분명 확실하고, 효율적인 방법임에 틀림없었다.

물론 이 방법에도 몇 가지 불확실성이 존재하지만, 각

지금,
우리
동네에는

파벌이 지닌 이익 관계와 오준영이 붕괴된 이후를 노릴 각 파벌의 수장들에게는 놓칠 수 없는 기회가 될 테니, 극단적인 상황이 발생하기는 힘들 것이다.

'특히나 악을 물리친다는 히어로들의 기본 이념이 있는 이상 눈앞에 이익 때문에 명백한 악이 된 오준영에게 붙는 인물들도 없을 테니까.'

그렇다면 분명 해 볼 만하다.

"어때? 이제 마음이 정해졌나?"

"……한번 해 보도록 하죠."

"그래! 그럼 집에 들어가는 즉시 주변을 정리하라고. 내가 조용히 잠적한다는 이미지를 주긴 할 테지만, 자네가 오준영을 속이기 위해선 조금 치밀해질 필요가 있어. 일이 터지면 집에 사람을 보내서 조사를 하게 할 테니 귀중품은 미리 챙겨 놓고. 결행일은 내일 밤으로 할 테니까."

"내일 밤이요?"

"그래, 이런 일은 빠르면 빠를수록 좋아. 괜히 시간을 끌다 보면 상황이 지지부진해질 수밖에 없거든. 게다가 자네 같이 똑똑한 사람이 이런 일을 결정하는 데 오랜 시간이 걸렸다면 오준영 측에선 오히려 의심을 할 테니까."

"……알겠습니다."

"그래, 뭔가 알려 줄 사항이 있다면 장원삼을 통해 연락을 주도록 하지. 그 녀석 B급이지만 첩보라는 항목이 포함되면 임무에 실패하지 않거든."

그 말을 끝으로 그는 곧장 김서영을 불러 나를 다시 회사로 돌려 보냈고, 조금은 멍해진 기분이 되어 털레털레 집으로 돌아왔다.

철컥—!

끼이익!

겨우 일주일 만이지만 굉장히 오랜만에 집에 돌아온 것마냥 조금은 낯설게 보이는 방 안 풍경이 펼쳐졌다.

아니, 그것은 느낌만이 아니라는 듯 평소 깔끔하게 정리하는 일이 없던 이부자리가 깨끗이 정리되어 있고, 세탁한 지 얼마 안 된 듯 새로 널린 빨래를 보아하니, 내가 없는 사이에 은빛이나 부모님이 오셔서 정리를 했지 싶었다.

뭐, 누가 내 방에 들어와 청소를 하고 옷을 빨고 했는지 가능성을 따져 본다면 은빛일 확률이 압도적이긴 하지만.

풀썩!

"흐으음……."

곱게 개어진 이불 위에 몸을 던져 얼굴을 묻으니 진짜 돌아왔다는 느낌이 들었다.

그간 병원에서 푹 쉬었다고 생각했는데 막상 집에 돌아오니 그런 것도 아닌 듯 온몸이 나른하고 힘이 빠졌다.

"이 이불 때문인가?"

지금,
우리
동네애는

보드랍고 폭신한 감촉이 느껴지는 이불.

추위도 더위도 안 타는 몸이라 사시사철 덮고 자던 홑이불이 아니다.

은빛이 옆집에 들어오면서 가져온, 은빛이 사용하던 이불.

'그러고 보니 한 번밖에 못 덮고 잤네…….'

은빛과 미오가 오고 단 이틀째 만에 일이 벌어진데다, 둘째 날 밤부터는 병원 신세를 지고 있었으니 이 이불을 쓴 것은 첫날, 미오와 함께 나이트 메어 사냥을 갔다가 돌아온 그날 새벽밖에는 없었다.

'흐음, 원래 여자들이 쓰는 이불은 이렇게 푹신하고 부드러운 건가?'

물론 이불을 사용함에 있어 성별의 구분이 있을 리가 없겠지만, 군대에선 모포와 침낭 그 후 집을 나와 수년간 홑이불 생활을 해 왔던 나에겐 꽤나 낯선 감촉이었다.

'좋은 냄새도 나네.'

이게 미오가 말했던 좋아하는 사람에게서 나는 체취인걸까?

나는 편의점 점장님한테 전화를 해야 한다는 사실도 잊고 그렇게 까무룩 잠이 들었다.

그리고…… 얼마나 잠을 잔 것일까?

집에 들어올 때까지만 해도 긴 여름 해 탓에 밝기만 하던 방 안이 깜깜하게 변했음을 느끼고 번쩍 눈을 떴다.

쌔액— 쌔액—

"……응."

언제부터였을까?

내 옆에 조그맣게 몸을 말고 잠이 들어 있는 은빛을 보며 든 생각이었다.

잠든 상태라고 한들 그녀가 나의 감각권을 벗어날 수 없는데도 그녀의 존재를 느끼지 못했던 것은 아마 그녀의 숨소리가 그만큼 익숙해졌기 때문이리라.

내 옆에 은빛이 있는 게 그만큼 당연하고 편했기에 나의 감각은 나를 깨우지 않았으리라.

나는 밤이 되면서 조금은 싸늘해진 공기에 몸을 움츠리는 은빛에게 이불을 덮어 줬다.

그리고 나니.

"흐음……."

웅크린 채 이불을 뒤집어쓴 모습이 꽤나 인상적이다.

끌어안으면 폭하고 안기에 좋은 봉제 인형 같은 모습이라고 할까?

나는 아무도 없을 게 뻔한 방 안을 두리번거리고 감각을 열어 주변을 살폈다.

"……."

왠지 안절부절하는, 염기에 가득 휩싸인 짠맛이 옆방에

서 느껴졌지만, 이내 신경을 끄고 다시 봉제 인형에 시선을 뒀다.

지금부터 하려는 짓이 상황이나 상대에 따라서 치한이나 성범죄자로 오인받기에 딱 좋을 거라는 생각을 하면서도, 왠지 지금이 아니면 할 수 없을 것이란 생각에 결행하기로 했다.

꿀꺽.

꼬오옥!

이 가슴 가득 안기어 느껴지는 충족감.

예상한 대로 푹신하고, 작고, 가벼운 이 봉제 인형은 끌어안기에 최적화된 존재였다.

꾸물— 꾸물—

"우으으응……."

품에 안겨 몸을 꿈틀거리는 것으로 보아 잠에 빠져 있던 봉제 인형이 깨어나려는 듯했지만…… 오늘만큼은 그녀를 배려하기보다 내가 만족하고 싶은 마음에 끌어안은 손에 힘을 더했다.

"으응…… 오빠?"

마침내 깨어난 은빛이 나를 부르는 소리가 들렸지만, 나는 품에 안은 은빛을 더욱 세게 끌어안을 뿐이었다.

"으으응, 숨 막혀."

나도 모르게 너무 세게 안은 것인가.

그녀가 괴로워하는 모습에 반사적으로 손에 힘이 풀리고, 이불에 감싸여 있던 그녀의 모습이 달빛 아래 드러났다.

조금은 부스스한 머리, 실컷 낮잠을 잔 탓인지 부은 얼굴이 인상적이긴 했지만, 그 정도론 내 눈에 쓰인 콩깍지를 벗기진 못했다.

"앗! 나 지금 붓지 않았어?"

방금 깨어나 잠결임에도 불구하고 흐트러진 머리를 손으로 빗으며 다른 손으로 얼굴을 가리는 은빛의 모습에 나는 참지 못하고 다시 그녀를 끌어안았다.

덥석!

"꺅! 오, 오빠 왜 그래?"

평소와 달리 적극적인 태도라서 그런 걸까? 놀란 신음성을 내는 은빛이었지만, 내 손길을 거부하진 않았다.

"은빛아."

"으, 응?"

끌어안고 있는 것만으로도 서로의 두근거림이 전해지는 거리는 대화가 필요 없을 정도였지만 슬슬 이 말을 해야겠다는 생각이 들었다.

나는 기대에 찬 눈빛을 보내는 은빛을 향해 말했다.

"배고프다, 우리 밥 먹으러 가자."

"……"

뭔가 기대가 굉장히 어긋났다는 듯 금방 삐죽한 표정이
된 은빛의 모습에 웃음을 흘린 나는 뾰족한 입술에 가볍게
입을 맞추며 다시 말했다.

쪽!

"자, 됐지? 오늘 내가 쏜다. 미…… 아니, 리오도 같이
가자."

"으, 응."

그 대답을 끝으로 자리에서 일어나 곧장 외출 준비를 하
러가는 은빛을 본 나는 옆방의 기척을 살피며 곧 있을 방
문을 기다렸다.

그리고 잠시 뒤.

철컥!

"태일 씨!"

씩씩거리며 순식간에 들이닥친 미오를 보며 나는 그녀가
할 말을 미리 말했다.

"저를 떼 놓고 가실 거면 처음부터 그렇게 말하세요. 괜
히 같이 가자고 하지 말고."

"저를 떼 놓고 가실 거면 처음…… 예?"

본인이 할 말이 먼저 나옴에 동그랗게 눈을 뜬 미오를
보면서 그녀의 생각을 고대로 읽어 줬다.

"지금 나는 염기 때문에 집 밖에 못 나가는데, 놀리지
말라고 찾아온 거죠?"

"예? 네······."

그녀의 황망한 표정을 보면서 나는 그녀의 몸 주변을 손으로 슥슥, 훑고 머리에 손을 얹었다가 뗐다.

그러자.

"뭐, 뭘 하신 거예요?"

"뭘 하긴요. 염기를 제거했습니다. 아니, 정확히는 염기가 만들어지는 걸 막았다고 할까요?"

"그, 그런 게 가능하다고요?"

그녀가 거의 반평생 달고 다닌 천형과도 같은 염기를 이렇게 간단한 행동으로 제어했다는 것이 믿기지가 않는 듯 물었지만, 나는 싱겁게 고개를 끄덕여 줄 뿐이었다.

"네, 최근에 깨달은 거지만······ 이런 것도 되더군요."

나에게 활성화라는 능력이 있음을 들었던 날, 내가 가진 힘을 조금 더 명확히 알기 위해 여러 실험을 해 보던 과정에서, 단순한 의문을 통해 알아낸 활성화 능력의 또 다른 힘이었다.

'활성화······ 스위치를 켤 수도 있다면, 비활성화시켜서 스위치를 끄는 것도 가능한 게 아닐까?'

그렇게 단순한 물음에서 시작된 것이었지만, 그 효과가 분명하고 획기적이었기에 최근엔 이걸 어떻게 써먹을까 고민을 하는 중이었다.

'이걸 사용하려면 상대 능력자의 신체에 접촉해야 한다

는 단점이 있긴 하지만……'

능력을 펼치는 강도에 따라 상대의 능력을 잠시간 혹은 장시간 제한할 수 있다는 것은 큰 메리트가 될 것이기에 실전에서 응용할 방법을 열심히 고안하고 있는 중이었다.

나는 여전히 황당한 표정인 미오를 향해 말했다.

"자, 이제 됐죠? 가서 외출 준비하고 나오세요."

"네? 아, 네!"

왠지 달빛에도 선명하게 붉은빛을 띠는 미오의 얼굴에 의문이 들기는 했지만, 그동안 해 보지 못했던 공식적인 밤 나들이에 흥분했을 거란 생각에 크게 신경 쓰지 않기로 했다.

그리고 여자들의 외출 준비가 얼마나 오래 걸리는지 깨닫게 될 무렵에야 집을 나선 우리는 마치 오늘 먹고 내일은 죽을 것처럼 신나게 놀고 다음 날 모두 내 방에서 숙취에 시달리며 깨어났다.

정확히는 깨어난 지 일 분만에 완벽 회복되어, 숙취를 연기하는 나와 진짜로 시달리는 두 여자의 처지가 다르긴 했지만…… 뭐 어떤가.

그렇게 그날 오후까지 방에서 뒹굴거리던 중 저녁이 가까워 올 무렵 나는 그녀들에게 말했다.

"나 회사 다녀올게, 회사 다녀올게요."

"지금?"

"늦게 와요?"

"아마…… 많이 늦을 거야. 저녁 미리 챙겨 먹고, 누구 이상한 사람 와도 함부로 문 열어주지 말고……."

그렇게 나의 잔소리를 이해 못하는 그녀들을 두고 나서려던 찰나, 눈에 띄는 물건이 있어 신었던 신발을 벗고 다시 방에 들어왔다.

"……?"

"이불은 왜?"

"아…… 오늘 회사에서 자고 올 거거든 근데 이 이불이 없으면 잠자기 힘들 거 같아서."

"엑? 그, 그래도 이불은 가져가는 건……."

"뭐 어때? 내 이불 내가 가져다 쓰겠다는데. 나 준 거 아니었어?"

"그, 그건 맞지만……."

술은 예전에 깼음이 분명한데도 얼굴을 발갛게 하고 있는 은빛을 보며 피식 웃어 보인 나는 이불을 곱게 개어 손에 잡히는 가장 큰 가방에 밀어 넣고, 두 여자의 배웅 속에 집을 나섰다.

그리고 그날 밤.

서울 히어로 컴퍼니 본사 5층 사장실에서 굉장한 폭발음과 함께 세 명이 사라졌다.

한 명은 사장 본인.

한 명은 사장이 비밀리에 잡아 두고 있던 누군가.

그리도 마지막 한 명은…….

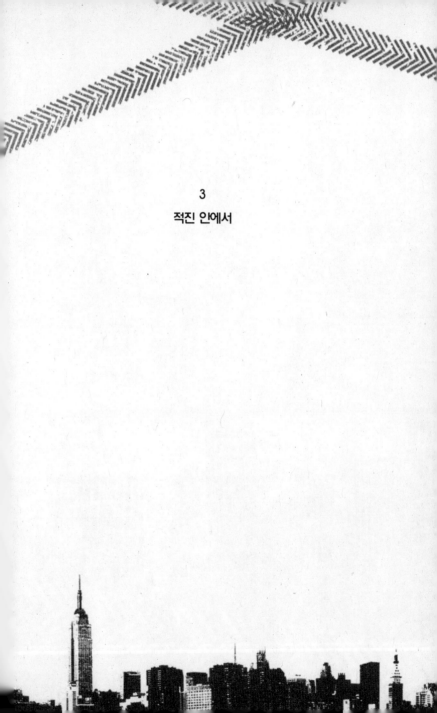

3

적진 안에서

"신태일 씨, 그거 이쪽으로 가져와."

"예."

나를 부르는 소리에 양손 가득 정체불명의 기계를 잔뜩 들고 가던 나는, 부른 사람의 발치에 기계들을 내려놓고 물었다.

"대체 부회장님은 이걸로 뭘 만드시는 거죠?"

"그걸 나한테 물으면 쓰나, 나야 조립하고 설정만 하는 기술잔데. 오히려 물어보려면 저기 똑똑하신 연구진 분들한테 물어보는 게 낫지 않나?"

"그건 그렇지만……."

나는 나와 대화 나누는 사람을 비롯해 주변에 흩어져 이런저런 일을 하고 있는 사람들을 감시하듯 훑어보는, 하얀 의사 가운을 걸친 사람들을 보면서 속삭이듯 앞에 남자에게 말했다.

"저긴 아무리 봐도 정감이 안 가서요……."

"푸흡! 그렇긴 하지. 저쪽 사람들은 아무리 생각해도 인간미가 없거든."

내 대답을 들은 남자는 터져 나오는 웃음을 참아 내고 말했지만, 우리의 수다는 그리 오래가지 못했다.

"거기, 조금 더 빨리 진행해 주시겠습니까? 그리고 태일 씨는 이쪽으로 오시고요."

"예에~ 그럼요. 누구 말씀인데 거역하겠습니까? 자네도 빨리 가 보게."

"예."

정감이 안 간다는 둥 인간미 없어 보인다는 둥의 말을 들은 것은 아닐까 조금 조마조마하긴 했지만, 정감 안 가는 의사 가운의 사람들은 그런 이유 때문에 부른 것은 아닌 듯 곧장 나를 데리고 가며 말했다.

"부회장님이 찾으십니다. 같이 가시죠."

"네? 부회장님이요?"

부회장이라 하면 오준영, 그를 지칭하는 말이 아니던가.

그간 단 한 번도 개인적으로 부른 일이 없던 그가 난데없이 나를 찾는다?

무언가 불안한 기분이었다.

'혹시 무언가 의심 살 만한 짓이라도 한 걸까?'

잠시 고민을 해 봤지만 전혀 그런 일은 없었다.

내가 이곳에 온 지도 어느새 두 달째. 내가 신의철을 배신하고, 그에게 붙었다는 것에 대해 정황상 납득은 하지만, 백 프로 신뢰를 할 수 없다는 것을 첫 만남부터 대놓고 표현하던 오준영이었다.

그래선지 다른 특수전대원들과 달리 이곳에서 두 달째 무언가 이상한 기계를 만들고 있는 중이었고, 이런 나의 존재에 대해서 까맣게 잊기라도 한 듯, 오준영은 첫 만남 이후로는 단 한 번도 나와 마주친 적이 없었다.

이런 처사에 대해 내가 신의철로부터 구해 온 것으로 '되어 있는' 장목영이 크게 반발했지만, 그에게도 상관인 오준영의 뜻을 꺾을 능력은 없었기에 나는 그를 나의 지지자로 만든 것에 만족하고 있었다.

'게다가 그가 직접 다른 특수전대원들을 하나씩 소개시켜 주기도 했으니까……'

그 덕분에 나는 이곳에선 꽤나 높은 직급이라고 할 수 있는 특수전대원들과 조금씩 친분을 가질 수 있었다.

물론 나와 사전에 한판 붙은 적이 있던 일명 쫄쫄이, 릴리아나는 대놓고 나를 무시하는 편이었고, 일전에 한 번 마주쳤던 장보고는 매번 나를 의심스러운 눈빛으로 쳐다보곤 했기에 그들만은 친해지기 어려웠다.

'하지만 나머지 능력자들과는 꽤 친해진 편이니…… 무리해서 그 둘과 친해질 필요는 없겠지.'

괜히 무리해서 그들에게 들러붙어 봤자 이게 왜 이러나 싶어 의심만 더 사게 될 것이다.

그러는 와중에 도착한 여러 잠금 장치가 걸린 문 앞.

이곳이 바로 오준영 부회장이 있는 곳으로 대체 저 안에 뭘 그리 숨겨 놓은 것인지, 저 문을 열기 위해선 다섯 가지의 절차를 걸쳐야만 문이 열리는 시스템을 지니고 있었다.

'홍채, 지문, 음성, 숫자 패스워드, 그리고 특수 제조된 아티펙트라…….'

하나씩 순서대로 잠금을 해제해 나가는 연구원은 마지막으로 목에 걸고 있던 줄을 풀어 카드 형태로 제작된 아티펙트를 문 옆 액정에 가져다 대는 것으로 물러섰다.

삐이익—

키잉—

찰칵! 찰칵! 찰칵! 찰칵!

네 번에 걸쳐 문 안쪽 장치의 잠금이 해제되는 소리와 함께 굳게 다물어져 마치 벽과 같이 보이던 문이 양 옆으로 갈라지며 그 속을 내보였다.

"자, 들어가시면 됩니다."

"……같이 안 들어가시나요?"

"오늘 부회장님께서 부른 건 태일 씨뿐입니다."

"흠……."

그렇게 말하곤 뒤도 돌아보지 않고 왔던 길을 되돌아가는 연구원의 모습을 잠시 바라보던 나는 이내 고개를 돌려 문 안쪽을 향해 발걸음을 옮겼다.

그리고 마침내.

"오, 왔는가?"

오준영의 앞에 설 수 있게 되었다.

"부르셨습니까?"

"그래, 불렀지. 할 말이 있어 부른 거니 긴장 말고 거기 앉게나."

그를 볼 때면 솟구치는 분노를 참기 위해 온몸에 힘을 주자, 그 모습이 그의 눈에는 긴장하여 굳은 것으로 비친 듯 나에게 앉을 자리를 권했다.

"……네."

나의 수년 인생을 가지고 논 대상을 두고 침착하는 것은 어려웠지만, 내가 여기서 잘해야만 이번 일이 확실히 성공할 수 있음을 알기에 나는 태연을 가장하여 그의 호의를 자연스럽게 받아들였다.

"그래, 오늘 자네를 부른 건 다름이 아니라 특수전대에 마지막 자리를 자네에게 주기 위함이네."

"……특수전대의 마지막 자리요?"

"그래, 사실 자네도 신의철…… 그 녀석을 통해 어느 정도 들은 바가 있을 테고, 여기에 직접 찾아온 이유도 내 밑으로 오면 특수전대에 소속될 것을 알고 있었기 때문이라고 알고 있네."

"그렇습니다."

나는 신의철을 배신한 이유에 있어 합리성을 더하기 위해 나는 그와 첫 대면하던 자리에서 대놓고 오준영 그와의 충돌을 피하기 위해 찾아왔으며 내 힘을 빌려 주겠다는 제안을 했었고 그때 특수전대를 언급했기에 그가 그렇게 생각하는 것이 무리가 아니었다.

"원래 예정대로라면 자네가 찾아왔을 때 자리를 주는 게 맞지만 그간 반대가 좀 있어서 말이지……."

그렇게 말을 줄이는 것을 보아하니 반대를 한 사람이 누구인지는 빤해 보였지만, 함부로 입을 열지는 않았다.

"그래서 자네를 두 달간 두고 관찰을 했다네."

'역시 관찰을 하기 위함이었군.'

당연히 예상했던 바이다.

유달리 내가 가는 곳이나 일을 하는 현장에는 연구원들이나 다른 히어로가 많이 있었고, 단순히 물건을 가져오는 일이라도, 혼자 가야 되는 일은 절대 나에게 시키지 않는 것들이 우연의 일치가 아니란 점은 옛적부터 깨닫고 있었

지금,
우리
동네에는

으니 말이다.

'군대에서 이등병이 처음 들어오면 절대 혼자 두지 않는 것과 같은 것과 같은 이치일 테지.'

많은 이들의 시선을 받는 것은 불쾌하고 갑갑한 일이었지만, 이미 이보다 더 부자유스러운 환경에서도 몇 달을 시달린 경험이 있는 만큼, 이런 환경에 녹아드는 방법은 이미 알고 있었다.

그것은 바로 불평불만 않고 시키는 대로만 하는 것.

그저 시키는 일만 잘하고 그런 모습만 꾸준히 보여 줘도 관찰자들은 제 풀에 지쳐 관찰을 그만두거나 관찰 대상이 돌발 행동을 할 의사가 없음을 알아차릴 수 있게 되니 말이다.

내가 이런 저런 생각을 하는 사이 오준영은 여유로운 표정으로 말을 이어 나갔다.

"그리고 그 결과 자네에게 문제점을 찾을 수 없음을 확신했고, 그걸 기반으로 자네를 반대하는 사람들의 의견을 관철시킬 수 있었지."

'거짓말.'

비록 오준영이 자신이 아닌 다른 반대자들에 의해 두 달간 관찰을 했으며 그의 노력으로 이런 결과가 되었다는 듯 뉘앙스를 풍기고 있지만, 탈출해서 이곳에 오자마자 나를 옹호하기 시작한 장목영을 단숨에 묵살시킨 그의 권력이라면 반대 의견 정도는 우습게 뭉갤 수 있었을 것이다.

'그런데도 저런 모습을 보인다는 것은…… 일부러 나의 반응을 떠보는 것이거나 내가 엄청난 바보라서 그에게 굽실거리는 모습을 보길 원하는 것이겠지.'

사람을 자연스레 깔아 보는 그의 눈을 잠시 마주한 나는 활짝 인사했다.

"정말 감사합니다. 의심을 받아도 할 말이 없는 절 위해 이렇게 신경 써 주시다니……."

나의 이런 행동에 시선을 바꿔 눈을 빛낸 오준영은 손을 모아 턱에 괴며 마찬가지, 웃는 낯으로 나에게 말했다.

"아니야, 오히려 일찍 일을 처리해 주지 못한 내가 미안하지. 직접 그런 고난을 헤치고 찾아와 줬는데 시키는 일이 고작 그런 일이었다니."

"아뇨, 아닙니다. 저야말로 제 안위를 위해서 찾아온 이기적인 녀석인걸요. 그런데 제 주변 사람들까지 모두 보호해 주고 계시다니 이 얼마나 감사한 일인지 모르겠습니다."

"호오…… 그런 얘기는 어디서 들은 거지?"

"아, 여기에 계신 다른 분들도 모두 부회장님 밑에서 일을 하는 대신 가족 등 친인척이 절대적으로 보호받고 있다고 들었거든요."

물론 여기서 말하는 절대 보호란 그들이 배신을 하지 못하게 하는 장치로써, 유사시 협박을 위한 용도로 감시하고 있다는 의미지만, 이곳에 있는 전원은 오준영에 대한 절대적인 충성심으로 똘똘 뭉친 이들인 만큼 그들은 '보호'라는 단어를 맹신하고 있었다.

'그 충성심이 다분히 인위적이긴 하지만 광신도에 가까운 믿음을 보이는 그런 이들은 굉장한 전력이라고 할 수 있겠지.'

맹목적으로, 혹은 어떠한 족쇄에 의해 오준영만을 절대적으로 따르는 히어로들이라면 단순한 이해관계로 얽혀 뭉친 수준에 불과한 파벌들에 비해 압도적으로 강한 전력임이 틀림없었다.

어쨌거나 이런 나의 말을 들은 오준영은 눈을 빛내면서도 옳다구나 맞장구쳤다.

"그래그래, 자네의 부모님, 그리고⋯⋯ 은빛이라고 했던가? 그 여자 친구도 아주 잘 있네. 모두 우리가 잘 보호하고 있으니 전혀 걱정할 필요 없네. 아, 그런데 혹시 자네 부모님이랑 여자 친구한테 여기에 온다고 말하지 않고 왔나? 꽤나 걱정을 하더군."

협박이다.

저렇게나 세세하게 내 주변인들에 대해 알고 있음을 나에게 말해 준다는 것은 너의 주변인 모두가 손아귀에 있으니 허튼 생각 말라는 의미의 협박인 것이다.

그의 뻔뻔함에 이가 갈릴 지경이었지만 나는 오히려 웃는 낯으로 그에게 대답했다.

"하하…… 그게 아무래도 다들 민간인들이다 보니 말하기가 꺼려져서요. 회사 출장이라고 설명하기도 애매하고…… 그리고 여자 친구 같은 경우는 특별히 결혼을 전제한 사이도 아니니 말할 필요성을 못 느끼겠더군요. 요즘엔 다들 그렇게 만나고 헤어지는 법이니까요."

"하하, 그래 흔히들 말하는 쿨한 관계라는 거로군."

"그렇죠!"

내가 한 방금 말들은 은빛을 이 상황에서 떼어 놓기 위한 간단한 연막이었다.

조금만 깊게 파고 들어가도 실체를 찾을 수 있는 옅은 연막.

하지만 이것만으로도 아무것도 안 한 것 보다는 훨씬 나을 것이다.

최소한 내가 한 말의 진위 여부를 가리기 위해서 고려해 보는 시간을 갖기 만해도 반쯤 성공이나 마찬가지일 터.

'사실 부모님에게도 연막 작전을 좀 펼치고 싶긴 하지만……'

부모라는 존재는 설령 연을 끊었다고 해도 자식 입장에서는 어떤 식으로든 감정이 생기는 존재다.

그렇기에 설령 내가 연막을 잘 쳐서 부모님과 완전히 동떨어져 사는 것으로 위장을 하더라도 그들이 부모님을 그냥 둘 가능성은 전무, 그렇다면 가장 가능성이 높은 은빛에 관해서 시야를 가리는 말을 하는 정도가 딱 적당했다.

'물론 필요성이 없다고 판단하여 은빛에게 해를 입힐 가능성이 없는 것은 아니지만······.'

하지만 그럴 가능성은 정말 희박한 수준이었다.

이곳에 와서 더욱 확실해진 오준영의 힘은 분명 강하긴 했지만, 그의 힘이 통용되는 것은 우리 히어로들의 세계지, 민간 세상이 아니었다.

만약 그의 손에 의해 은빛이 처리된다면 나를 이곳에 보내고 마찬가지로 은빛과 부모님을 주시하고 있을 신의철에 의해 상황과 배후가 밝혀질 게 빤하다. 또한 민간과 히어로 세계가 동시에 주시하는 상황이 될 터이니 오준영이 그런 얻을 것도 없는 행동을 할 리가 없었다.

'만일 얻는 게 생긴다면······ 나의 분노겠지.'

만약 정말 그런 일이 생긴다면 나는 터져 나오는 검붉은 불꽃을 멈출 자신이 없었다.

아니, 그럴 생각도 없었다.

절레절레—

'이런 앞서 나가는 생각을 굳이 벌써부터 할 필요는 없지. 지금은 지금 상황에 최대한 집중해서 원하는 증거를 얻고 이곳을 빠져나가는 것이 가장 좋은 방법이니까.'

그사이 여전히 나를 주시하고 있던 오준영은 내가 작게 고개를 도리질치는 모습을 보곤 흥미가 이는지 나에게 물었다.

"흐음? 무슨 생각을 하기에 고개까지 흔드는 거지?"

"아, 이, 이건 말이죠!"

자연스럽게 한 행동이었지만 실수였다는 것을 깨달은 게 너무 늦었다.

하지만 방금 전까지 나눴던 대화를 떠올리니 변명을 지어 내는 것은 금방이었다.

"그게…… 별건 아닌데, 이런 말을 해도 부회장님 앞에서 해도 될지 모르겠지만, 그 은빛이라는 여자가…… 되게 싸가지가 없었거든요."

"호오, 그랬나?"

"네, 아시다시피 고년이 태백제과 외동딸이라고 엄청 목에 힘 주고 다녔거든요. 저야 남들이 보기엔 편의점 알바생이었으니…… 고게 얼마나 사람을 무시하고, 남자를 무시하는지…… 그래 봐야 지는 버는 거 없이 부모님한테 돈이나 받아 쓰는 처지면서!"

없는 말을 지어내는 것이지만, 만약 은빛의 성격이 자신보다 못난이를 깔아 보는 성격이었다면 남자로서 있었을 법한 억울한 일들을 읊다 보니 마치 정말 내 이야기가 된 것 같아서 어느 순간부턴지 정말 울분을 터뜨리듯 변명을 하고 있었다.

"허허, 자네 얘기를 들어 보니 자네가 그 여자랑 헤어진 이유도 충분히 짐작이 가는구만. 그 얘기는 그만 들어도 되겠어."

그렇게 말하며 묘한 표정을 짓는 오준영을 보고 나서야 정신을 차린 나는 지금 내가 한 말이 전화위복이 되었음을 깨달을 수 있었다.

'대충 지어낸 말이었는데 감정이입이 되니 오히려 진실되게 보였나 보군.'

나는 속으로 웃으면서도 겉으로 보이는 표정은 억울해 죽겠다는 듯한 얼굴을 하고 오준영의 말에 작게 고개를 끄덕였다.

"그래, 그럼 자네 사생활 이야기는 여기까지 하기로 하고…… 이젠 본론으로 넘어가지. 그나저나 아직 확답을 못 들었는데, 특수전대에 들어오는 것 이제 와서 거절하진 않을 테지?"

"물론입니다."

"그래, 그렇다면…… 이제 슬슬 보여 주도록 하지."

나의 대답을 들은 오준영은 그렇게 말을 하면서 그가 앉은 책상 위에 버튼 몇 가지를 조작하는가 싶더니 내가 앉은 자리로 하나의 홀로그램을 띄웠다.

"……책?"

"그래, 나를 포함한 특수전대원들은…… 그것을 예언의 서라고 부르지."

"예언의 서…… 말입니까?"

"그래."

그것을 서두로 시작된 오준영의 이야기는 놀라운 것이었다.

예언의 서란 말 그대로 우리 지구의 미래를 예언한 예언서이자, 예언했던 과거가 적힌 기록물로서 이 지구라는 행성이 어떻게 여태껏 존재해 왔는지, 지구에 닥친 위기를 어떻게 극복해 왔는지 적혀 있다고 한다.

그리고 그곳에 나온 이야기는 하나 같이 놀랍기 짝이 없는 이야기들로, 자연재해로 인해 인류가 멸망할 뻔했을 때 나타난 첫 번째 공식 히어로의 이야기부터, 가장 최근 사건 중엔 세계 2차 대전을 종식시킨 원자폭탄의 기본 구조가 이 예언의 서를 본 누군가에 의해 전해졌다는 이야기까지 다양한 이야기가 적혀 있었다.

하지만.

'이건 거의 판타지 소설 아니야? 이런 걸 믿고 있다고? 이 오준영이란 인간도 정상은 아니었나 보군…….'

내가 이곳에 와서 두 달간 생활을 하면서 이곳에 있는 히어로들에 대해 분명히 느낀 바가 있었다.

그것은 모두 각자 특정한 무언가에 특별한 트라우마를

지니고 있거나, 어딘가 나사 빠진 사람들이라는 점이었다.

그들은 모두 평상시엔 아무렇지도 않다가 어떤 특수한 상황, 특별한 소재에 대한 이야기를 듣게 되면 정신 나간 행동을 보이곤 했다.

그런 사연 중 가장 황당한 경우를 최근에 들었는데, 여탕을 훔쳐보는 일이 일생의 소원이었다는 한 남자가 그 간절한 소망이 현실이 되어 투명 인간이 되는 초능력을 얻게 되었다고 한다.

그는 자신에게 찾아온 이 황당한 행운에 어처구니없어 하면서도 이내 목욕탕 훔쳐보기를 감행했지만 초능력이 있음에도 불구하고 결국 실패했다고 한다.

그 이유가 무엇이냐 하면 그가 얻은 초능력이 남들의 '시야'에서 사라지는 투명함이 아닌, 몸 자체가 물리적으로 자리에서 사라지는 투명함을 얻은 덕분에 목욕탕 창문에 매달릴 수가 없었다는 것이다.

결국 이런 사실에 낙심하다가 회사에 의해 발견되어 히어로가 된 그는 그 특별한 초능력에 유명 인사가 되었고, 어느 정도 히어로라는 직업에 익숙해질 무렵 그의 사연을 들은 동료가 그에게 말했다고 한다.

'물리력이 통하지 않는 몸이 되었으면 직접 목욕탕 안에 들어가면 되는 것 아니냐?'

그 말을 듣고야 이를 깨달은 남자는 이젠 히어로라는 이름을 지니고 목욕탕에 들어갈 수 없다는 사명감과 어릴 적 악몽의 극복 사이에서 정체성의 혼란을 빚다가 목욕탕 이야기만 들으면 발작 증세를 일으키게 되었다고 한다.

정말 황당하기 짝이 없고 어처구니없는 일이지만, 그에겐 그게 엄청난 트라우마로 남아 계속해서 그를 괴롭히고 있다는 것이다.

이곳은 그 사람 외에도 이런저런 사소한 일부터 중요한 일까지 온갖 일로 인해 정신적 타격을 입은 이들 투성이였는데 그들이 각자의 트라우마에 발작하는 순간을 보면 그야말로 정신병원이 따로 없을 지경이었다.

그리고 이들 중 유일하게 몇 안 되는 정상인들이 나를 비롯한 규격외 능력자들과, 오준영 정도라고 생각했지만 지금 그의 모습을 보건데 꼭 그런 것만도 아닌 것 같았다.

"그리고 나는 여기서 또 이런 것을 발견했는데……."

내가 그를 정신병자라고 생각하고 있는 것을 아는지 모르는지 그는 여전히 그가 발견한 예언의 서에 대해 설명하기 바빴다.

'어쨌거나 오준영의 목적이 저것에 있는 내용 때문인 거 같으니 머릿속에 저장은 해 둔다만…….'

여태껏 보아 왔던 이곳 사람들의 행동이나 지금 오준영의 모습을 보건데 여러모로 신뢰가 가지 않는 정보였다.

'그리고 보니 규격외 능력자들은 다들 정신적으로 불안

지금, 우리 동네에는

정하다고 했었지? 게다가 초능력이 남들에 비해 특별하기도 하고 말이야.'

분명 신의철에게 설명을 듣기로 규격외 능력자들은 특별한 능력을 지닌 대신 정신적으로 불안정한 인물들이 많다고 했다.

그렇다면 그간 규격외 능력자들을 끌어모으고 있던 오준영이 수장으로 있는 이곳이라면 이만한 수의 정신 이상 히어로들이 모여 있는 게 어느 정도 납득이 갔다.

'그렇다고 오준영 본인이 사이비 종교에 심취해 있다는 것까지 납득할 수 있는 건 아니지만······.'

여태껏 적으로 생각해 왔던 남자가 겨우 이런 정신병자였는가 하는 생각에 절로 인상이 굳고 점차 손에 힘이 들어갈 무렵 그가 예언에 서에 관하여 또 다른 이야기를 하기 시작했다.

"그래, 여기까지 설명했으니 예언의 서가 진짜라는 것은 이해가 되었겠지?"

"······네."

그가 한 말들을 종합하면.

여태껏 지구상에 일어났던 온갖 역사적인 일들이나 큰 사건에는 언제나 예언의 서가 개입해 있었고, 이 예언을 실행한 인물들은 고대의 초능력자들이었다는 얘기였다.

내가 보기엔 이미 일어났던 사건에 배경 이야기를 끼워

맞췄다는 생각이었지만, 오준영은 그렇게 생각하지 않는 듯 홀로그램으로 나타난 예언의 서의 페이지를 여러 장 넘기더니 가장 선명하게 내용이 쓰여 있는 페이지를 보여 줬다.

그리곤 득의양양하게 말했다.

"후후, 지금 자네가 보고 있는 것이 이번에 지구에 닥칠 종말을 예언한 부분이라네."

"……네."

내가 힘없이 말하자 그는 한결 광기에 찬 눈으로 나를 노려보며 말했다.

"크흐흐, 지금 거기 써 있는 내용은 고대어라 자네가 이해하긴 어렵겠지만, 내가 간단히 설명해 주자면 그곳에 써 있는 것은 총 5명의 초능력자에 관한 이야기지. 각각 5대 원소를 대표하는 규격외 능력자가 지닌 특징이 서술되어 있고, 마지막 문단에는 이들 다섯이 모이면 이계의 손님을 능히 상대 할 수 있을 것이라고 되어 있다네."

'……다섯 명?'

그가 뒤에 이계의 손님이니 뭐니 하는 소리를 하긴 했지만, 그보다 나에게 걸리는 단어는 다섯 명이라는 부분이었다.

'5대 원소를 대표하는 다섯이라…… 하지만 이번에 불의 능력자로 알려진 나를 포함한다면 여섯 명이잖아?'

내가 알고 있는 것대로라면 철의 능력자는 릴리아나, 물의 능력자는 장보고, 나무의 능력자는 장목영, 흙의 능력자는 유지상이라고 알고 있었다.

'그럼 나머지 한 명은…….'

전기의 규격외 능력자 왕악중.

그가 남게 된다.

'이해할 수 없군. 오대 원소를 대표하는 다섯이 필요하다 예언서에 나와 있음에도 불구하고 다른 한 명이 더 있다는 건가?'

뭐 예언서대로 진짜 이계의 누군가가 찾아온다면 예비 전력으로서 규격외 능력자는 많으면 많을수록 좋지만, 여태껏 오준영이 주장했던 바는 예언의 서는 '한 치의 오차도 없이 완벽하게 들어맞아 왔다'라는 것이었다.

'그렇다면 여러 가지 가정이 가능하군.'

예언의 서가 거짓일 가능성과 오준영의 말이 거짓일 가능성.

그리고.

'둘 다 거짓일 가능성.'

이미 본인의 말에 심취한 그는 나의 불꽃의 규격외 능력이 지구를 구할 수 있는 힘 중 하나라고 열변을 토하고 있었지만, 난 더 이상 그런 말에 신경 쓰지 않기로 했다.

애당초 그에게 협력할 마음이 없을뿐더러 지금 찾아낸

모순이 결정적 단서가 될 수 있을 거라는 생각이 들었기 때문이다.

'예언의 서가 거짓일 경우…… 이곳은 정신병자 하나에게 놀아난 집단이 되어 버리는 것이고, 오준영의 말이 거짓일 경우, 그가 예언에 서에 대해서 숨기는 무언가가 있을 수 있다는 말일 테지. 그리고 둘 다 거짓이라면…….'

그건 생각해 볼 필요도 없이 오준영이 아예 다른 목적을 가지고 있다는 의미였다.

바로 예언의 서라는 대외명분으로 위장을 한 무언가.

'이곳 생활을 하면서 분명히 깨달은 건 이곳에 있는 모두는 오준영에 대해 절대적인 신뢰를 가지고 있다는 점이지.'

하지만 한 인간이 이끄는 단체가 완벽하게 단체장을 맹목적으로 추종할 가능성은 얼마나 되는가? 게다가 이렇게 논리적인 모순이 존재하는 이야기를 완전히 믿을 가능성은?

'게다가 여기에 모인 이들은 비록 일부 정신이 이상하다곤 하지만 전부 히어로들. 각자 문제가 되는 분야를 제외하곤 민간인들보다도 정신력 자체는 강하다고 할 수 있다.'

그런 이들로부터 이토록 허술한 이야기로 신뢰를 얻는다는 것은 한 가지 의미밖에는 되지 않는다.

바로 나와 같은 정신 조작.

그것이 암시가 되었든, 혹은 아예 기억을 조작한 것이든, 분명 오준영은 그런 방법을 통해 이곳에 있는 이들을 조종하고 있을 게 뻔했다.

물론 그게 쉬운 일은 절대 아닐 테지만, 신의철이 말하길 보통 히어로들을 한참 뛰어넘는 정신력을 지닌 나 역시도 암시에 걸리고 기억이 일정 부분 소실되었다고 한다.

그렇다면 여기 모인 이들 모두에게 수작을 부렸을 가능성은 매우 높다고 할 수 있었다.

'그렇다면 어느 정도 이해할 수 있지. 이 모순된 이야기를 모두가 믿어 왔다는 점도, 그에게 전폭적인 신뢰를 보내고 있다는 점도.'

물론 이런 내 가설을 공고히 하기 위해 그 외의 방법에 대해서도 생각해 보지 않은 것은 아니다. 크게 사람에게 신뢰를 얻는 방법은 두 가지가 있다.

마음을 얻거나, 마음을 사거나.

마음을 얻는 쪽은 자발적인 신뢰를, 마음을 사는 것은 물질적인 무언가로 상대를 매어 놓거나 그것을 통해 마음을 여는 경우를 말한다.

하지만 이곳에 들어와 일을 시작한 지 두 달째 보급되는 식사 등의 물품 수준이 낮은 것은 아니나, 그 외의 수입은 전혀 존재하지 않는다.

이른바 무일푼, 후자의 경우는 불가능했다.

그러니 생각할 수 있는 답은 기억에 관여했다는 것뿐이었다.

'그러고 보니 회사에서 저번 달 월급은 나왔으려나?'

이곳에 들어온 지 두 달째.

오준영의 의심을 피하기 위해 외부와의 연락을 일체하지 않았고, 아무도 막는 이가 없는데도 밖으로 나가지 않았다.

아니, 오히려 신의철의 눈을 피하는 듯 연기하며 이곳에 틀어박혀 지냈다.

그런 덕에 지금은 외부의 상황을 하나도 모르는 상황.

그 와중에 떠올린 돈과 관련한 일은 이런 상황에서도 조금 마음을 심란하게 만들었다.

'카드 대금…… 이번까지 연체되면 신용불량자 되는 거 아니던가?'

편의점 알바를 그만 둔다고 장원삼을 통해 전하도록 했지만 생각해 보니 이 달을 전부 채우질 않아서 일한 분의 월급이 다 들어온다고 해도 카드값이 해결되지 않았을 것이다.

회사에서 내가 없어진 달의 월급을 줬다면 괜찮을 테지만, 그렇지 않다면 내가 이곳의 일을 해결하고 나서 민간으로 돌아가더라도 신용불량자의 멍에가 남아 있을 확률이 컸다.

'조금 무리해서라도 나이트 메어 50마리 다 채우고 들어올걸……'

애당초 없어진 히어로에게 월급을 책정했을지도 문제였지만, 생각해 보면 50마리를 다 채웠던 것도 아니라 여러모로 아쉽기 짝이 없었다.

하지만 이것도 잠시.

어느 정도 실체에 가까워졌다는 마음에 느슨해진 마음을 붙잡고 슬슬 끝을 보이는 오준영의 이야기에 집중했다.

"고로 자네의 힘이 절대적으로 필요하다는 것이지! 규격 외 능력자가 가진 그 힘이라면 이계의 존재가 넘어올 구멍을 틀어막는 것도 분명 가능할 테니까 말이야!"

"……하겠습니다!"

마침 기다렸다는 듯 끝을 내는 오준영의 말에 추임새를 넣듯 크게 외치며 고개를 끄덕인 나는 활짝 웃는 오준영의 모습을 보면서 성공을 직감했다.

"오오, 그래 주겠나?"

"물론입니다! 그런 숭고한 일을 하는데 어찌 히어로로서 마다할 수가 있겠습니까! 게다가 '오직' 저희 '다섯'에게만 주어진 일인데요!"

나는 혹시나 하는 마음에 일부러 오직과 다섯을 힘주어 말했지만, 그는 이미 반 실성한 눈이 되어 그런 걸 귀담아

들을 상태가 아니었다.

나는 그 즉시 자리에서 특수전대의 일원임을 나타내는 표식과 전용 출입 카드를 넘겨받고, 감격에 찬 연기를 해대며 오준영과 여러 번 덕담을 주고받은 끝에 그곳을 나올 수 있었다.

찰칵! 찰칵! 찰칵! 찰칵!

치이익!

안에서 문을 열자 마찬가지로 잠금 장치가 해제되는 소리와 함께 벽이 갈라지듯 문이 열렸고 내가 문 밖으로 나서자 마자 문은 도로 닫혔다.

마치 안에 있는 오준영을 재빨리 감추는 듯이.

나는 그런 문을 잠시 노려봤지만 이내 손에 들린 카드의 감촉에 길게 웃음 지었다.

"후후, 드디어 이 지겨운 곳을 탈출할 열쇠가 손에 쥐어졌군."

이곳의 고위 간부격에 해당하는 특수전대원의 출입 카드라면 그간 내가 돌아다니지 못했던 제한 구역이나 기록물 저장고에 들어갈 수 있으리라.

'물론 받자마자 들쑤시고 다니는 건 의심을 살 테니 어느 정도 유예기간을 두는 게 좋겠지만.'

그렇게 앞일에 대해 생각하다 보니 다시 민간의 일에 생각이 닿았다.

'그러고 보니 얼마 안 있으면 2학기잖아? 젠장, 귀중한 여름 방학을 이렇게 보내다니.'

뭐 그래도 인생의 큰 걸림돌이 될 만한 일을 해치울 수 있다는 점은 고무적이긴 했으나, 문제는 내가 휴학계를 제출하지 않았다는 점이다.

'2학기 등록금은 미리 따로 모아 둔 통장이 있으니 일단 내야 하려나?'

이번 일을 안전하게 마치기 위해선 그런 짓을 하지 않는 게 좋겠지만, 일이 술술 풀리고 보니 갑자기 학생이 가타부타 말도 없이 사라진다면 말이 많을 거라는 핑계로 잠시 외출을 하면 될 것 같다는 생각이 들었다.

'이미 부모님이랑 은빛이 신고를 한 덕분에 경찰이 수사 중이라 느닷없이 휴학계를 제출하거나 등록금을 내고 사라지면 문제가 될 수 있겠지만…… 그래도 이미 오준영과 신의철이 각각 경찰을 통제하고 있으니 큰 문제가 될 것 같지는 않은데…….'

나는 손에 들린 출입 카드를 만지작거리면서 한참을 고민했다.

'그래, 그 정도라면 오준영이든 누구든, 얼마든지 납득할 수 있을 거야. 정 일이 진행되는 게 불안하다 싶으면 역으로 최대한 일을 빨리 진행하고 도망치는 것으로 하지 뭐.'

비록 텔레포트 등의 이동 계열 초능력에 제한이 있는 곳
이지만, 평소의 경계 병력이나 이곳 히어로들의 수준을 잘
알고 있으니 크게 한탕하고 이곳에서 도망치는 것 정도도
어렵지 않으리라.

하지만 그건 말 그대로 일이 잘 안 풀릴 경우의 일.

일단은 학교 상황을 봐서 휴학계나 등록금을 낼 수 있도
록 하는 게 먼저였다.

'후후, 좋아.'

아직 아무것도 완결된 일이 없는데 무엇이 좋을까?

잠시 생각을 해 봤지만 뭐 일이 잘 풀리니 생각도 좋게
가는 것이고, 실제로도 잘될 것이라는 생각만 들었다.

그렇게 나는 두 달 만에 이곳을 나섰다.

❦   ❦   ❦

오준영 혼자 남게 된 그의 방 안.

태일이 나가는 것을 보고 급히 문을 닫은 그는 잠시 가
쁜 숨을 몰아쉬다가 이내 대소를 터뜨렸다.

"헉헉헉…… 크흐흐흐…… 후후후후…… 후하하하하하!"

그렇게 한참을 웃은 그는 얼굴로 흘러내리는 땀을 훔치
다가 갑자기 들려오는 말소리에 뚝, 웃음을 그쳤다.

―그가 시설을 나섰습니다.

지금,
우리
동네에는

"후후, 그래? 역시 밖으로 나가는구만. 하긴······ 그래야 최대로 힘을 쓴 보람이 있지."

─미행을 할까요?

"아냐, 어차피 할 일이라곤 빤하니까······ 게다가 그 녀석이 지닌 초감각은 상당히 예민하거든 그냥 너희도 '일상적인' 모습만을 보여 줘. 의심하지 않게 말이야."

─알겠습니다.

삑!

그 말을 끝으로 목소리가 흘러나오던 장치를 꺼 버린 오준영은 의자에 깊게 몸을 묻었다.

삐이걱!

그의 재력과 힘에 비해 초라하고 평범한 의자는 삐걱이는 소리를 냈지만, 그는 그런 소리조차 기분 좋다는 듯 콧노래를 흥얼거렸다.

"흐흐흥, 정말 예상대로란 말이지."

태일은 신의철의 계획대로 이곳에 오기 전 오준영에 대해 물었던 적이 있다.

그의 외모, 성격, 그리고 초능력까지.

하지만 신의철은 어느 것 하나 명확하게 대답하기 힘들어 했다.

그나마 외모와 성격은 대충이라도 대답했지만, 초능력에 관해서는 아무것도 대답하지 못했다.

그도 그럴 것이 신의철도 오준영을 직접 본 적은 단 한 번도 없고, 매번 대화를 나누거나 명령과 보고를 주고받았을 뿐 그의 초능력을 볼 기회가 없었기 때문이다.

이것 때문에 신의철이 개인적으로 오준영에 대해 조사까지 해 봤지만, 놀랍게도 부회장이란 직위에 있는 그의 초능력에 대해 아는 사람이 아무도 없었고, 심지어 그가 직접 손을 쓴 것인지 모든 히어로들의 정보가 모여 있는 데이터베이스에조차 그에 관한 자료가 남아 있지 않았다.

그렇기에 신의철도, 태일도 그의 능력에 대해 전혀 몰랐다.

그것은 이곳에 모인 이들 역시 마찬가지.

하지만 오준영 그는 부회장의 힘으로 자신의 데이터베이스를 조작하여 기록을 지운 것 외에는 그의 초능력을 감춘 적이 없었다.

그저 그 누구도 알아보지 못했을 뿐.

그와 마주한 모두가 그의 능력을 직접 보고, 겪었음에도 그들은 전혀 알지 못했다.

"인간의 정신은…… 정말 나약해. 가장 완벽하다고 믿었던 인간조차도 조금만 흔들어도 저렇게 흔들리잖아."

그는 처음 태일을 만났던 때를 회상했다.

태일이 불의 능력자라는 것을 알고 간단하게 시행한 정신 조작, 그리고 이에 극렬하게 반발하던 태일의 막대한 정신력.

오준영은 그의 궁극적 목표야말로 태일이 아닐까 생각했었다.

하지만 실험을 통해 그조차도 완벽하지 못함을 알고 실망했지만, 그가 계획해 온 일들이 가능성이 있는 일임을 어느 정도 확신할 수 있었다.

"완전한 인간이 되기 위해선 무엇이 선행되어야 할까."

그는 자신의 책상을 탁탁 두드려 홀로그램을 실행시켜 태일의 모습을 띄웠다.

그리고 동시에 나타난 태일과 관련한 수많은 신상 정보가 그의 눈을 어지럽혔다.

"완벽한 체격?"

이곳에 들어오며 검사한 태일의 신체 정보가 주르륵 나열되었다.

"최강의 힘?"

홀로그램 속 태일의 몸의 대근육과 소근육이 부위별로 나뉘어 표시되며 근육의 단면도, 근섬유의 밀도 등이 차례로 나열되었다.

"강력한 초능력?"

장목영이 복귀하고 그가 알아낸 바대로라면 태일의 힘이 불의 규격외 능력자인지는 명확하지 않았다.

그 탓에 아직 어느 정도 수준의 힘인지 확인치는 못했지만, 릴리아나를 패퇴시켰던 불꽃이 상시 사용 가능한 힘이라면, 그는 규격외 능력자조차 초월한 힘을 지닌 게 분명했다.

"이 모든 것이 필요할 테지만…… 가장 중요한 건 누가 뭐래도 정신력이지."

오준영, 그는 인류 역사상 최강의 마인드 컨트롤러였다.

그가 가진 힘은 평범한 인간은 물론이고, 동물을 비롯한 최소한의 지성을 가진 존재하면 누구에게나 통했다. 그리고 이는 초능력을 지닌 히어로들이라고 한들 다르지 않았다.

그에게 있어 인생은 너무나도 쉬운 과제였고, 그 어떤 것도 그의 행동을 저지하지 못했다. 그렇게 그는 세상을 농락하고 다니다, 이내 지루해졌다.

인간의 약함에, 그들과 자신이 같은 '인류'라는 단어로 묶일 수 있다는 사실에 불쾌해하며 혐오했다.

그의 인류에 대한 혐오감은 최초엔 자신을 제외한 인류를 말살하는 형태로 나타내고자 했지만 어느 날 그의 앞에 나타난 '예언의 서'가 그의 계획을 바꿨다.

이 지구의 수많은 역사가 담겨 있는 예언의 서.

그 역시 처음엔 장난으로 치부했으나, 책 속의 이야기를 심심풀이로 맞춰 나가다가 깨닫게 된 진실은 그를 충격으로 빠뜨리기에 충분했다.

그가 찾아낸 진실은 오직하나 예언의 서는 세계가 만들어 낸 '법칙'이라는 것이었다.

과정이 바뀔지언정 예언의 서에 적힌 필요한 내용이 충족만 되면 인류는 어떻게든 구원을 받는다는 절대적인 법칙.

그는 흥분했다.

인류 역사상 단 몇몇에게만 주어진 예언의 서의 주인공.

그야말로 인류의 구원이자, 수십억 인간 중 유일무이한 한 명이라는 자부심은 그의 인간에 대한 살심을 녹여 냈다.

인류의 구원자가 인류를 말살할 수는 없는 일이었느니 말이다.

게다가 예언의 서에 나온 대로라면 5대 원소의 규격외 능력자가 있어야만 진정한 구원자가 될 수 있다고 나와 있었다.

그는 그 순간부터 차근차근 인류 구원 계획을 계획해 왔고, 전 세계를 뒤져 규격외 능력자들을 찾아내 그가 가진 힘으로 포섭했다.

그러던 와중 그는 의문을 느꼈다.

아니, 단 한순간의 갸웃거림이었지만, 몇 번을 반복하자 그에게 일생을 건 질문이 되었다.

'이대로 인류를 구원한다면 누군가 알아주기나 할까?'

예언의 서에 남은 기록은 모두 구원 계획에 '직접 참여한 인물들' 만이 기술되어 있었고, 계획에 몇 명이 필요했든 어째서인지 모두 단 한 명만이 적혀 있었다.

그는 예언의 서를 처음 얻었을 때부터 많은 실험을 거쳤기에 예언의 서는 인간의 힘으로 새로 쓰거나 수정이 불가능하다는 것을 알았기에 예언의 서가 무언가 기준을 두고 인류의 구원자 이름을 적는 다른 것을 알 수 있었다.

그런데 이번 대에 필요한 인원은 5대 원소의 규격외 능력자 5명.

그중 누군가 한 명만의 이름이 남는다.

'그렇다면 나는?'

그는 세계가 만들어 낸 '법칙' 인 예언의 서가 자신을 선택할 리 없음을 깨달은 것이다.

그래서 그는 계획을 수정하기 시작했다.

오직 한 명의 구원자로 남기 위해, 예언의 서가 가진 법칙을 이용하고자 한 것이다.

'이번에 벌어지는 인류 구원은 다섯 능력자의 힘이 한곳에 모여야 가능하다라고 했지.'

오준영은 선행 조건만 갖춰지면 인류는 무조건 구원받는다는 법칙을 이용하여 다섯 능력자의 힘을 모두 합쳐 자신이 갖고 이를 통해 인류의 구원자가 되고자 했었다.

힘을 모으는 방법은 예언의 서에 자세히 기술되어 있

었다.

오준영은 이를 바탕으로 힘을 모을 수 있는 방법에 대해 고민해, 마침내 해결했다.

민간 기술을 한참이나 초월한 오버테크놀로지를 지닌 회사들도 상상도 못한 어마어마한 기술이 동원되고, 오준영은 가능성을 보았다.

하지만 문제는 여기서 끝나지 않았다. 그 다음으로 나타난 문제는 바로 인간이 가진 정신력에 대한 문제였다.

거대한 힘은 인간이 가진 기본 자아와 거대한 힘을 지닌 절대자의 자아와 부딪혀 정신 이상을 낳는다.

규격외 능력자들이 정신이 붕괴되거나 정신 이상이 생기는 것도 이 때문.

마인트 컨트롤 능력을 지닌 규격외 능력자이자 스스로를 인류와 다른 특별한 존재로 인식함으로써 정신을 온전히 유지한 오준영이라도 그들 모두의 힘을 다 갖게 된다면 미치지 않을 자신이 없었다.

그는 정신력을 공고히 할, 정신력 자체를 키우고 강력하게 만들 방법에 대해 찾아 헤맸지만 그가 알아낸 방법이라곤 수십 년 적공이 필요한 정신 단련법뿐, 획기적인 정신력의 증가 같은 것이 아니었다.

그러던 차에 알아낸 것이 정신 에너지와 정신력의 상관관계였다.

정신 에너지의 증가는 강력한 정신력을 지니게 한다.

하지만 급속도로 증가한 과도한 정신 에너지는 거대한 힘으로서 새로운 자아가 되어 스스로의 정체성을 잃게 만들고 만다.

즉 정신 에너지의 성장 최댓값과 정신력의 성장 최댓값이 다르기 때문에 급속도로 에너지가 성장하면 정신력이 이를 따라잡지 못해 정신이 붕괴한다는 말.

그는 나이가 많이 든 히어로들을 이용해 이를 알아냈고 이를 응용하기로 마음먹었다.

하지만 마찬가지로 떠올린 방법은 불안하기 짝이 없었고, 그보다 못한 정신력을 지닌 존재는 실험에 아무런 도움이 안 되는 상황.

결국 그 스스로 실험대에 오르려 했을 때 나타난 것이 바로 태일이었다.

태일을 실험대에 올린 이유는 후천 능력자치곤 상대적으로 강한 불꽃 때문에 규격외 능력자라면 포섭할 생각으로 실험을 검사를 진행했었다.

그 결과 밝혀진 것은 태일은 남들이 갖지 못한 어마어마한 정신 에너지를 지니고 있으며, 분명 규격외 능력자가 맞는 데도 불구하고 정신 붕괴의 조짐이 보이지 않는다는 점이었다.

오준영은 설마 태일 역시 그와 마찬가지로 인간을 자신

지금,
우리
동네에는

의 아래로 보는 형식으로 자존감을 높여 자신이 가진 '특별함'에 정신이 붕괴되는 것을 막고 있는가 싶어 각종 검사를 했지만…… 태일은 분명 일반인과 다를 바 없는 사고를 하고 있었다.

그리하여 오준영은 한 가지 규칙이자 법칙, 힘의 한계점을 발견했다.

정신 에너지가 1,000을 성장할 때 정신력은 1이 성장한다. 하지만 정신 에너지의 최고치는 무한대, 그에 비해 정신력의 최대 수치는 약 100정도로 규정할 수 있다.

즉, 정신 에너지가 100,000만큼 성장한다면 정신력은 최대치 100만큼 성장하여 '완벽'을 이룬다는 것이었다.

완벽하지 못한 것은 완벽함에 따를 수밖에 없고, 그것은 정신 에너지와 정신력에도 마찬가지로 적용되며, 무한이 성장하는 정신 에너지는 완벽한 하나의 정신력에 조종될 수밖에 없다는 의미였다.

그리하여 오준영은 그의 정신력을 완벽하게 해 줄 법칙을 알아내고, 이미 계획한 대로 규격외 능력자 모두의 힘을 다 먹어 치운다면 자연스럽게 일이 해결될 수 있음을 깨달았다.

하지만 그는 역시 인간이었다.

그는 무한히 성장하는 정신 에너지에 욕심을 냈고, 전례가 없는 엄청난 정신 에너지를 지닌 태일이 가진 특별함을 찾기 위해서 그의 기억을 헤집기 시작했다.

후천적 능력자의 정신 에너지가 급증하는 순간은 초능력을 깨달은 직후.

오준영은 태일이 초능력이 생길 당시의 기억을 수십, 수백 번을 읽어 냈지만, 태일이 가진 기억은 수많은 히어로들이 초능력을 얻게 되는 죽음의 문턱을 넘는 순간에 대한 기억뿐이었다.

평범한 태일의 동기에 실망하면서도 그는 포기하지 않고 수많은 실험을 했고, 그 결과 완전하다고 생각했던 태일의 정신에 금이 가더니 기억의 붕괴를 일으켰다.

오준영은 귀중한 실험체이자 완벽하다 믿었던 태일의 정신조차도 한계가 있음을 깨달았지만, 이는 반복된 실험과 죽음이 교차하는 순간을 너무 많이 본 탓에 일어난 일시적인 현상이라고 자위했다.

그리고 이내 태일의 정신력이 스스로의 붕괴를 막기 위해 알아서 가상의 기억을 만들어 일상생활이 가능한 정도로 기억을 복구하는 것을 보면서 정신력이 가진 힘에 대해 다시 놀랐다.

이에 다시금 실험 욕심이 들었지만, 이미 금이 간 태일을 함부로 다루기엔 그의 실험체 사랑이 극진했다.

그리하여 그는 태일을 눈에 띄지 않게 숨겨 놓고 귀중히 다뤄 왔지만, 어느 날 감시를 붙여 놨던 릴리아나가 제 분

지금.
우리
동네에는

에 못 이겨 태일과 충돌을 일으켰고, 그는 전력을 다해 태일에게 암시를 걸어 상황을 무마할 수 있었다.

그런데 두 달 전 시설에 들어온 태일이 암시를 해제한 상태임을 알았을 때 얼마나 놀랐던가?

태일의 강대한 정신 방벽은 암시를 심는 게 어려운 만큼 누군가 해제하기는 더욱 힘든 법이었다.

하지만 일전에 스스로의 기억에 가상의 기억을 심어 위험에서 벗어나던 태일의 정신력을 목격했기에 다시 한 번 정신력이 지닌 힘을 체감하며 태일을 받아들였다.

그리고 한편으로 갑자기 숙이고 들어온 태일을 감시하며 실험들을 진행했고, 드디어 그 결과에 도달할 수 있었다.

"연구도, 실험도 성공했어. 그렇다면…… 마지막 단계만 남았군……."

조용히 태일의 얼굴을 응시하던 그는 태일의 머리를 확대해 보더니 홀로그램으로 이루어진 태일의 머리를 '콱!' 하고 쥐었다.

"이만 가져가도록 하지."

손끝에 부스러지는 홀로그램을 털어 낸 그가 아까 보고를 받던 장치를 작동했다.

"장치는 얼마나 설치되었지?"

❦　　❦　　❦

"흠, 여전히 덥구만."

9월을 향해 가는 8월 말의 날씨는 오랜만에 밖에 나와서 신나던 마음도 재로 만들어 버릴 만큼 뜨거웠다.

게다가.

"등록금을 내면 된다는 말이지······."

산골짝 깊은 곳에 숨겨진 오준영의 아지트를 나와 오랜만에 나선 거리였지만, 두 달간 벌어 놓은 것도 없는데 큰돈을 써야 한다는 생각에 그리 기쁘지만은 않았다.

처음에는 휴학계를 낼 생각이었지만, 피시방에 들러 확인한 결과 마침 오늘이 등록금 납부 날이자, 전공 수강 신청이 가능한 날이었기에 등록금을 내는 쪽으로 방향을 잡았다.

"이럴 줄 알았으면 국립대를 가는 건데······."

학비가 싸고 나름 유명한 국립대를 가기에 당시 성적은 충분했지만, 거리가 집에서 상당히 떨어져 있었기에 지금의 대학으로 진학을 했었다.

그런데 군대 가기 전 일 학년 때를 제외하곤 집에서도 나와 생활을 하고 있으니······ 어차피 자취를 할 줄 알았더라면 학비가 싼 국립대에 갔다면 더 여유로운 생활을 할 수 있었을 거란 생각이 들었다.

"물론 그랬다면 은빛이도 못 만났을 테지만······."

은빛이와의 만남을 생각하면 돈이 아까운 것은 아니지만, 지금 당장 사용할 막대한 지출을 떠올리니 한숨이 나오는 건 막을 수 없었다.

"그래도 신용불량자는 아니라서 다행이네⋯⋯."

내가 없어진 게 6월 말경이었고, 그달의 할당량을 거의다 채워 놨던 탓인지 회사에서는 내 통장으로 정상 입금을 해 놓은 상태였다.

물론 지금은 연체된 카드값이 빠져나가고, 얼마 남지 않았지만, 신용불량자가 되는 것은 피했다는 것만으로도 안도할 수 있었다.

그렇게 이런저런 생각을 하며 시내를 걷기를 몇 분.

드디어 목적한 은행에 도착할 수 있었다.

시간도 마침 한가한 시간 때라 ATM기도 비어 있어서여유롭게 일을 처리할 수 있었다.

'열심히 모아서 부모님 드리려고 했던 거지만⋯⋯.'

어머니의 명의로 만들어 꼬박꼬박 모아 뒀던 통장의 잔고를 보며 잠시 한숨을 쉰 나는 이내 다시 크게 숨을 들이쉬고 할당된 가상 계좌로 등록금을 납부했다.

"하아, 역시 갑자기 돈이 빠져나가니 영 씁쓸하구만."

나는 명세서의 남은 잔고를 보며 대충 접어 주머니에 쑤셔 넣은 뒤 곧장 오준영의 아지트로 향했다.

'비록 상황이 잘 풀리고 있긴 하지만, 그래도 쉽게 마음

을 놓으면 안 돼. 게다가 개강 시기에 맞추려면 열심히 일을 하는 게 좋겠지.'

오직 개강 전까지 이번 일을 마치겠다는 일념 하나로, 내 행동에 단 한 점 의문도 품지 않은 채.

그렇게 걸음을 옮겼다.

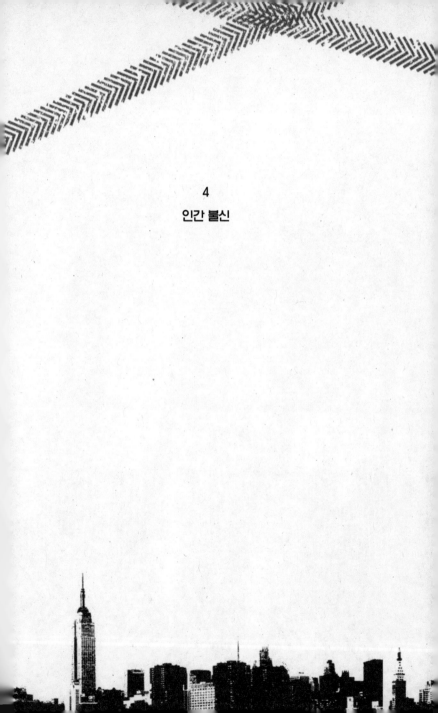

4
인간 불신

인간이 누군가를 불신하는 근원적인 이유는 무엇일까.

그 이유는 본인 스스로가 인간이 불완전한 존재임을 알고 있기 때문이다.

스스로 말하길 만물의 영장이라 부르는 인간은 똑똑한 만큼 스스로의 이득에 민감하고 상대를 쉽게 신뢰하려 들지 않는다.

개중에는 우정, 사랑 등으로 인간 신뢰의 공고함을 주장하는 사람들도 더러 있지만, 대게 이는 사회적, 도덕적으로 계약된 관계가 발전한 형태이며, 순수하게 우정, 사랑만으로 이루어지는 신뢰는 극히 특별한 경우라고 할 수 있다.

결론적으로 인간은 이기적이며 신뢰하기 힘든 존재이다. 그리고 머리가 좋으면 좋을수록 이를 더욱 잘 알고 있기 마련이다.

그런 면에서 '천재'라는 타이틀을 달고 있으며 스스로가 가진 절대 가치인 '재미'에 인생을 걸고 있는 신의철이란 사람은 인간이 가진 바 신뢰가 얼마나 나약한 것인지 누구보다 잘 알고 있는 사람 중 하나였다.

그래서 신의철은 다시 한 번 그에게 보고하러 온 장원삼에게 물었다.

"그가 나타났다고?"

"네."

"……혹시 무슨 특별한 계획에 의한 행동…… 아니면 어떠한 전언 같은 게 있었나?"

"전혀 없었습니다."

"……."

태일이 오준영의 은거지에 잠입한 지 두 달.

신의철은 대외적으로 병환 및 두 달 전의 사고를 사유로 미리 준비해 둔 안가에 들어와 이번 사건에 숨겨진 전말에 대해 회사의 각 파벌 수장에게 전달하며 입지를 다지는 중이었다.

그리고 이 일은 최근 거의 마무리 단계에 들어가 그들이 이 일에 참가하여 좋은 결과가 나올 경우 얻을 수 있게 되

지금,
우리
동네에는

는 이득과 향후 오준영의 밑에 있던 규격외 능력자들의 거취에 대해서 논의를 하고 있었으니, 사실상 태일이 '명분'이 될 증거물만 찾아오면 이번 일은 종결이라고 할 수 있었다.

'그런데 하라는 일은 안 하고 느닷없이 은행에 나타나 등록금을 내고 갔다고?'

뭐 경우에 따라 말이 안 되는 상황은 아니다.

태일이 그렇게 당당하게 활보를 할 수 있다는 것은 그만큼 그에게 자신감을 주는 어떤 사건이 발생했을 가능성이 크기에 오히려 기대를 하는 편이 좋았다.

신의철이 본 태일은 그만큼 똑똑하고 치밀한 남자였으니 말이다.

하지만.

'지금은…… 아니야. 이런 타이밍에 우리에게 연락도 없이 단독으로 모습을 드러낸다는 것은…… 최소한 정상적인 상태의 그라면 하지 않을 일이야.'

태일이 사라진 지 두 달째.

사장을 비롯한 이사진 등, 히어로 컴퍼니 최고위층의 인물들에겐 태일의 상태나 위치가 어느 정도 알려져 있지만, 그 외의 인물들에겐 전혀 알려져 있지 않았다.

그도 그럴 것이 태일은 오준영에게 찾아가며 그에 대한 명분으로 신의철을 습격한 것으로 되어 있는 상태.

사실상 회사에서는 태일은 준지명수배 상태에 놓고 있었다.

물론 이에 대해 태일을 잘 알고 있던 이선영 본부장이 크게 반발을 하는 바람에 파란이 생기지 않도록 대외적으로 이런저런 이유를 들어 그녀를 미리 안가에 억류해 놓았다.

하지만 일본에서 건너온 유이자키 리오의 경우 한국 히어로 컴퍼니의 영향력이 미미한 탓에 막을 수가 없었고, 그녀는 한국에 온 워 위치스의 다른 동료들을 통해 태일의 사정과 용모파기를 전하여 직접 태일을 수색, 사장실 습격 사건의 용의자로 태일을 지목한 것에 대해 증거를 요구하는 중이었다.

물론 워 위치스의 멤버 다섯만이 그런 행동을 하는 것이라면 그녀들의 한국에서의 영향력 역시 미비한 만큼 묵살하고 이런저런 제약을 가하는 게 가능했을 테지만, '마법소녀'란 타이틀을 지니고 두 달간 활동한 그녀들에겐 일본의 팬 못지않은 수많은 열성 팬들이 생김으로써 신의철을 비롯한 파벌의 우두머리들을 골치 아프게 하는 중이었다.

그뿐 아니라 그의 갑작스런 실종으로 그의 여자 친구인 박은빛이 한 달여 만에 가출 신고를 하는 바람에 경찰력이 집중되는 것을 흩어 놓느라 여기저기 손을 쓰고 다녀서 일을 진행하는 데 사람이 모자랄 지경이었다.

물론 경찰에 접수된 가출 신고 자체는 영향력이 큰 게 아니었지만, 은빛의 위치가 문제였다.

가출 신고가 접수되어 경찰력이 동원되었다는 것은 은빛에게 언제나 눈을 두고 있는 은빛의 아버지, 태백제과 사장이 이 일에 대해 알게 되었다는 말과 일맥상통했다. 이는 곧 태백제과 사장이 지닌 영향력이 이번 사건에 변수가 될 것이라는 의미였다.

'어째선지 이 소식을 들은 태백제과 사장이 의외로 별 반응이 없었고, 지금까지 이에 대한 리액션이 없다곤 하지만 느닷없이 뒤통수 맞을 수도 있으니 조심해야겠지.'

물론 일전에 태일과 한 번 대화하여 태일이 위험한 일을 하고 있음을 알고 있는 은빛의 아버지가 이 상황에 대해 묵과하기로 결정했기에 벌어진 상황이지만, 이런 세세한 사정까진 모르는 신의철은 그에 대한 방비도 해야만 했다.

어쨌든 이러한 상황에 대해 태일이 정확히는 몰라도 완전히 모르는 바가 아닐 것이다.

아니, 분명 태일은 이에 대해 짐작을 하고 있을 것이다.

신의철은 그렇게 생각했다.

애당초 계획도 회사에서의 위협과 신의철로부터 도망쳐 온 설정이니 그렇게 생각하는 게 당연했다.

그런데 이런 상황임을 인지하고 있는 태일이 느닷없이 민간에 얼굴을 드러낸다?

그것도 CCTV가 잔뜩 설치된 거리와 은행을 여유롭게 활보하면서?

그렇기에 신의철은 지금 상황을 납득하지 못하고 있었다.

아니, 정확히는 이 속에 숨겨진 의미에 대해 파악하고자 골머리를 싸매는 중이었다.

'일단 두 달간 아예 소식이 없던 사람이 밖으로 외출을 할 수 있게 되었다는 것은 그곳에서도 그 정도의 신뢰는 쌓았다는 것이겠지? 밖에 잠시 외출하는 정도는 신경 쓰지 않을 정도로.'

만약 그런 게 아니라면 몇 가지 규칙 정도는 무시해도 좋을 만큼 직급에 변화가 있을 가능성이 컸고, 이는 태일이 특수전대에 새로 소속되었을 가능성을 말해 주고 있었다.

'그래, 신태일 그가 이렇게 밖에 나온 것 자체는 문제가 되지 않아. 만약 회사에서의 추적이나 경찰력 정도는 우습게 따돌릴 수 있는 능력자니까! 하지만 그가 한 행동이 이해가 안 된다는 말이지……!'

태일은 거리에 모습을 드러내자마자 곧장 은행에 갔고, 그의 계좌에서 돈을 꺼내 그가 다니던 대학교의 다음 학기 등록금을 납부했다.

거기에 덤으로 학교 수업의 수강 신청까지도 했다.

지금
우리
동네에는

이 말이 무엇인가?

사회로의 복귀 신호였다.

곧 돌아와 학교의 수업을 듣겠다는 선전포고와 다름없었다.

하지만…… 하지만.

"그의 성격을 생각해 봤을 때…… 절대로 이상한 행동이야."

태일의 성격은 치밀한데다가 이 치밀함을 보조해 주는 똑똑함이 있다.

그런 그가 아무리 오준영이나 그곳의 사람들에게 신뢰를 쌓았다고 해도 대학교에 다시 가겠다고 하는 것을 아무렇지 않게 용인받았을까?

무엇을 하는지도 알려지지 않았고, 알려지지 않기 위해 숨어서 무언가 일을 진행하는 오준영이?

만약, 정말 만약에 오준영이 노리고 있는 게 어처구니없게도 사회의 파괴나 인류의 말살 같은 목적이라면 오준영이 계획하는 세계에선 대학교가 존재할 수 없으니 태일의 행동이 허용한다는 것은 모순이다.

아니, 그런 이유가 없다고 하더라도 지금껏 비밀 행동을 해 온 그들이 이런 말도 안 되는 일에 고개를 끄덕였을 리가 없다.

그렇다면 태일이 몰래 이런 행동을 한 것일까?

'아냐, 그럴 리 없어. 행동 자체도 숨기는 기색이 전혀 없었고, 이렇게 눈에 띄는 짓을 몰래 했다는 것부터가 말이 안 되는 일이야.'

그렇다면 대체 왜 이런 일을 한 것일까?

어떠한 특별한 의미를 전하기 위해서는 아니었을까 생각을 해 봤지만 이 일을 통해, 그것도 이 상황을 오준영이 알고 있다는 전제하에 명확하게 추론할 수 있는 것은 오준영이 원하는 일, 계획하는 바가 사회 붕괴 등과는 관련이 없는 일일 가능성이 크다는 점이었다.

하지만 그 외의 행동은……

"정말 이해가 안 돼. 혹시 이 일이 완전히 끝난 건가? 그래서 그렇게 대놓고 행동하는 건가? 하지만 그렇다면 회사로 찾아왔어야 해 텔레포트 능력이라면 탈출이 어려운 것도 아닐 테니까…… 하지만 그래서는 돌아갈 이유가 없잖아."

으득!

힘껏 입술을 깨문 신의철은 이번 태일의 행동이 말하는 바가 무엇인지 계속해서 고민했지만 이것 말고는 알 수 있는 것이 전무했다.

진정 신의철, 그가 아는 태일이었다면 이런 행동은 한 학기를 휴학하는 한이 있더라도 이번 일이 모두 종결되고 했어야 옳은 행동이었다.

'혹시 저번처럼 어떤 특수한 암시가 걸린 것은 아닐까?'

순간 스쳐 지나간 기억에 생각이 미쳤지만 이내 고개를 저었다.

비록 당시 태일에게 걸린 암시가 강력하고 특수하긴 했지만, 그만한 암시가 걸리기 위해선 충분한 조건이 선행되어야 하고 이미 한 번 당해 본 태일이 순순히 그런 것에 당해 줬을 리가 없다.

아니, 설령 당했다고 해도 선행 조건인 의식을 잃은 태일을 만들기 위해서는 그렇게 만들기 위해 거쳐야만 하는 과정이 있으니만큼 그들 기지에서 소란이 생길 수밖에 없다.

활성화 능력을 인지한 태일이 뿜어 대는 초능력이라면 주변에 풀어놓은 눈들이 포착하지 못했을 리 없었다.

'대체 왜?'

몇 번을 생각하고, 고민해 봐도 도저히 답이 나오지 않는 문제였다.

물론 이 상황에 대해 큰 고민할 필요 없이 전적으로 태일을 믿고, 그저 태일이 명분이 될 증거물을 찾아 나오기만을 기다린다면 지금의 고민은 전혀 필요가 없는 내용이었다.

이유를 알고 싶다면 태일이 이일을 마치고 나서 마주했

을 때 물어봐도 좋은 일이었다.

하지만 태일은 인간이고 고민을 하는 사람 역시 인간.

인간은 인간을 알고 스스로가 얼마나 불완전한지 안다.

인간은 스스로가 불완전체, 완전한 신뢰가 불가능함을
안다.

그렇기에…….

인간은 오늘도 불신에 기반을 둔 궁리를 하고 있었다.

❖　　❖　　❖

후비적—!

"으…… 오늘 왜이렇게 귀가 가렵지?"

나는 비록 남이 나를 흉보면 귀가 가렵다는 둥의 속설을
믿는 것은 아니었지만, 오늘만큼은 그래서 그런 것이 아닐
까, 싶을 만큼 귀가 가려웠다.

후비적후비적!

"오늘 특별히 한 것도 없는데…… 대체 왜?"

오늘 한 것이라고 해 봤자 오준영을 만나 특수전대에 들
고, 잠깐 외출했던 일밖에 없다.

최근 두 달간의 일상과 다른 일이 두 가지가 있긴 했지
만, 특별하게 취급하기엔 일의 과정 속에서 그 어떤 이상
도 느낄 수가 없었다.

그렇다면 귀에 이상이 있는 것은 아닐까?

하지만 이 완벽한 육체는 그 어떤 질병도 침투하기 힘든, 이른바 병균한테 미안한 몸이라고 할 수 있었다.

이 경우 그나마 가능성이 있는 사유라고 해 봤자…….

'오랜만에 외부의 공기에 접촉해서 그런가?'

이곳이 비록 숨겨진 비밀 기지며, 외딴곳에 위치하긴 했으나, 공기 청정 역시 하나만큼은 남부럽지 않은 곳이었다.

이런 곳에서 두문불출 두 달간을 생활했으니 어디든 적응하는 능력을 지닌 몸이 깨끗한 공기에 적응해 외부의 오염된 공기에 불쾌감을 느꼈을 수도 있었다.

물론 증명할 방법이 있는 게 아니지만, 뭐, 그래도 다른 걸로 고민하는 것보다는 낫다는 생각에 나는 긍정적으로 바라봤다.

'이 몸뚱아리에 이상이 생기는 게 더 이상하잖아? 그냥 그런가 보다 생각하는 게 속편하지.'

내 몸뚱이 건강한 건 내가 제일 잘 알기에 할 수 있는 속편한 생각이었다.

"거기, 태일…… 님! 손에 들고 있…… 계신 거 여기에 가져다주세요!"

"아, 네!"

잠깐 안 보인 사이 이곳의 대장인 오준영 직속의 특수전대에 소속되었음을 알리는 뱃찌를 달고 온 나를 보고 어려워하는 사람이 많았지만, 나는 하던 일을 멈추진 않았다.

'결국 예언의 서에 대한 이야기를 종합하면 지금 만들고 있는 기계는 규격외 능력자들의 힘을 모으는 역할을 하는 기계라는 이야기니까…… 만약 예언의 서가 진짜일 경우를 대비해서 준비를 돕는 정도는 상관없겠지.'

물론 예언의 서의 허무맹랑한 내용 모두를 믿는 것은 아니지만, 사실 민간인의 기준에서 본다면 초능력자라는 것 자체가 허무맹랑한 존재이지 않은가.

게다가 혹여 예언 능력을 지닌 규격외 능력자가 만들었다면 예언의 서 자체가 불가능한 것도 아니니 조금 믿어주는 정도가 어려운 것은 아니었다.

'게다가 아직은 성실한 모습을 보일 필요가 있고.'

아까도 말했지만 특수전대가 되자마자 여기저기 들쑤시고 다닌다면 이목을 끌기에 부족함이 없으리라.

일단 목표 달성 일을 학교 개강 전까지라는 짧은 기간을 잡긴 했지만, 그 과정 자체가 급할 필요는 없었다.

'정 급해지면 며칠 전에 들쑤시고 다녀도 충분하니까.'

이미 기밀 자료가 보관되어 있을 법한 곳은 사전 조사를 통해 알아 둔 바가 있다.

두 달 내내 의심을 살 짓은 하나도 안 했으면서 어떻게 그런 것을 조사했냐고 묻는다면 의외로 이곳에 모인 이들은 하는 일이 단순한 일이어서 그렇지 나름 대접을 받는 사람들이었다.

그도 그럴 것이 다들 정신적인 문제가 있다고 해도 평소엔 일반적 사고가 가능한 인간이 아닌가.

게다가 초능력을 지닌 능력자들이라면 존중받을 가치가 충분히 있었다.

그런 탓인지 제한이 있는 장소는 극히 한정적이었고 비록 나는 의심을 피하기 위해 여기저기 싸돌아다니지 않았지만 주변 사람들의 대화만으로도 뭐가 어디에 있고, 어디로 가면 안 되는지 정도는 파악할 수 있었다.

이제 내게 필요한 것은 의심을 사지 않고 그런 곳에 출입할 수 있는 타이밍이었다.

그리고 그 타이밍이란 것은 의외로 급작스럽게, 그리고 빨리 찾아왔다.

"아! 여기 계셨군요!"

"어? 목영 씨. 어쩐 일이세요?"

내가 신의철을 뒤통수치면서 데리고 나온 것으로 '되어 있는' 나무의 규격외 능력자 장목영은 여전히 나를 은인으로 알고 있는 상태였기에 자주 찾아와 살갑게 굴곤 했었다.

그렇기에 그의 방문이 이상한 것은 아니지만 평소 일을 하는 시간에는 잘 찾아오지 않는 그였기에 조금 어리둥절하기는 했다.

"하하, 오늘 특수전대 마지막 자리를 채우셨다고 하셔서요."

"아하하…… 부회장님이 절 잘 봐주신 덕이고, 목영 씨가 열심히 밀어 주신 덕분이죠."

"아휴, 제가 아니었어도 태일 씨는 잘 되었을 거라니까요? 부회장님이 불의 규격외 능력자를 얼마나 찾아다니셨는데요. 제가 비록 예전에 태일 씨가 힘을 쓰는 것을 보고…… 조금 오해를 하긴 했지만, 불의 규격외 능력자만 사용할 수 있는 불을 쓰시는데, 태일 씨가 아니면 누가 불의 규격외 능력자겠습니까? 그렇죠?"

"그, 그런가요?"

나와 대화할 때면 언제나 함박웃음을 짓고 살갑게 구는 장목영.

나 역시 목적을 위해 그의 비위를 최대한 맞추지만, 그와 친해지면 친해질수록 여기 있는 이들을 배신할 계획을 지닌 나로선 부담스럽기 짝이 없었다.

"그나저나 오늘은 어쩐 일로?"

평소에 찾아오는 이유는 보통 다른 특수전대원들을 소개시키는 자리거나 일이 끝난 후 저녁식사를 같이 하자는 게 주된 이유였지만, 지금 시간은 점심은 물론이고, 저녁 시간도 아닐뿐더러 다른 특수전대원들은 이미 모두 소개받은 바 있기에 찾아온 목적이 궁금하긴 했다.

"아, 이제 특수전대이니 특수전대원의 일을 하셔야죠."

"아…… 특수전대는 다른 일을 하나요?"

"그럼요. 저희는…… 아시죠? '그 일' 을 위해 존재하는 전대인걸요."

"아…… '그 일' 말이군요."

그 일이라 함은 즉 오준영이 온 힘을 다해 역설하던 예언의 서와 관련한 일.

즉, 인류를 구원하는 일일 것이다.

그런데 그 일에도 사전에 무언가 해야 할 일이 있다는 말인가? 다른 세상에서 온 침략자들을 때려 부수는 것 말고?

내가 그렇게 의문을 제기하려는 찰나 장목영이 빠르게 대답을 했다.

"사실 저희 힘이라면 그냥 치고 받아도 이길 수 있을 거란 생각이 들지만…… 지금 만들고 있는 장치를 활용하기 위해선 훈련이 필요하거든요."

"호오…… 훈련이요?"

"네! 아, 하지만 그렇게 어려운 일은 아니에요. 아니, 초반엔 조금 어려우려나? 하지만 익숙해지면 간단하니……."

왠지 오락가락 거리는 그의 대답을 들으며 나는 고개를

갸웃거리다가 그를 진정시키기로 했다.

"아, 뭐 대충 어떤 건지는 알 것 같네요. 지금 당장 가면 되는 건가요?"

"네? 아, 네. 지금 바로 오시면 되요."

"그럼, 잠시만……."

나는 손에 들고 있던 공구며 정체불명의 기계 부품을 한창 일에 열중하는 사람들 사이에 슥, 밀어 넣고 앞장서는 장목영을 따라 나섰다.

저벅저벅.

"이 통로는 처음이시죠?"

"네? 아, 네. 사실 작업장이랑 방, 식당 정도를 제외하곤 가 본 적이 없어서 어딜 가도 처음이긴 하네요."

처음 보는 장소에 도착한 뒤로 계속 두리번거리는 나를 의식한 것인지 장목영이 질문했지만 대답한대로 나는 귀로만 들었을 뿐, 애당초 내 방과 식당, 작업장을 제외하곤 어느 곳도 가 본 일이 없었다.

"정말요? 위층에 가면 당구장도 있고, 노래방도 있고, 게임기 같은 것도 있는데…… 한 번도 가 본 적이 없으시다니……."

"말로는 들었는데 같이 갈 사람이 없어서요."

물론 거짓말이고, 같이 가자는 것을 모두 거절한 나였지만, 그런 걸 말했다간 이런저런 사정까지 주저리주저리 늘

지금,
우리
동네에는

어놔야 할 것 같았기에 그냥 그렇게 대답했다.

하지만 이런 내 의도와는 다른 해석을 한 것인지 갑자기 측은한 눈길이 된 장목영이 조심스럽게 말했다.

"그럼…… 다음에 저랑 같이 가죠."

"네? 아, 뭐…… 그러죠, 뭐."

나는 대수롭지 않게 대답했고 장목영은 뭐랄까…… 아빠 미소? 같은 것을 지으며 씨익 웃어 보였다. 그렇게 조잘조잘 수다를 떠는 사이 목적지에 도착한 것인지 어느새 우린 검게 코팅된 철제 문 앞에 서 있었다.

"여긴가요?"

"네. 저 안에 들어가시면 다른 특수전대원들도 있을 거예요."

그렇게 말하며 본인이 지니고 있던 출입 카드를 문에 갖다 대자 오준영의 방에 들어갈 때와 마찬가지로 몇 번 잠금 장치가 해제되는 소리가 들리더니 이내 그 내부를 드러냈다.

"흐음……?"

문이 열리자마자 쏟아지는 시선들이 사뭇 따가웠지만, 나는 그들에게 작게 고개를 끄덕이는 것으로 인사를 대신하며 내부의 광경에 시선을 뒀다.

그리고.

'온통 까맣군.'

문과 마찬가지로 새까맣게 칠해진 방의 내부는 의외로 상당히 좁아서 우리 여섯 명이 둥글게 서면 딱 맞을 정도였다. 안에 기계 장치가 몇 가지 보이긴 했지만, 그마저도 모두 까맣게 칠해져 벽과의 경계를 구분하기가 힘들 지경이었다.

그나마 이 정도로 구분이 가능한 것은 방 한가운데 둥그렇게 설치되어 있는 조명 덕분이었는데, 그 밝기도 그리 강하지 않아서 조명 주변에 옹기종기 둘러서 있는 다른 특수전대원들의 얼굴 정도만 명확하게 구분할 정도였다.

"꽤나 신기하게 생긴 방이죠?"

"네…… 확실히 신기하긴 하네요."

규격외 능력자들이 훈련을 하는 방이라고 하여 굉장히 크고 온갖 기술이 집약된 시설을 떠올렸던 나였기에 의외의 모습이 신기하게 보였다.

'뭐, 그래도 튼튼해 보이긴 하네.'

안력을 돋워도 이음새조차 거의 보이지 않는 방의 내부 전경은 밖에서 폭탄이 터지든 안에서 터지든 이 벽을 방패로 쓰면 살 수 있을 거라는 자신감을 심어 주기에 충분한 모습이었다.

"그럼, 여기서 무슨 훈련을 하면 되는 거죠? 아무리 봐도 몸을 쓰러 온 것은 아닌 거 같은데……."

방의 구조를 보건데 이곳에서 치고받고 하는 것은 아무

리 봐도 불가능해 보였다. 또 강력한 초능력을 쓰는 것도 어려워 보였으며, 어떠한 전략 전술을 짜기엔 이곳에는 그 어떤 도움이 될 만한 도구가 존재하지 않았다.

이런 내 의문은 당연하다고 느낀 것인지 장목영이 고개를 크게 끄덕이며 대답했다.

"저희는 여기서 집중력 훈련을 합니다."

"집중력이요?"

"네."

납득하지 못하는 종목의 훈련은 아니지만, 꽤나 의외의 이야기였기에 나는 고개를 갸웃거릴 수밖에 없었다.

비록 이곳에 모인 능력자들이 모두 엄청난 집중력을 지니거나 한 것은 아닐 테지만, 규격외 능력자라는 존재는 다루는 정신 에너지의 규격이 큰만큼 상대적으로 높은 정신력과 집중력을 지니고 있기 마련이었다.

게다가 그것이 갓 초능력에 입문한 인물들도 아닌, 수년 이상 초능력을 써 온 이들이라면 말이 필요 없을 정도.

내 입장에선 무의미한 훈련으로밖엔 보이지 않았다.

내가 이런 생각을 하고 있을 때 장목영의 설명을 듣던 특수전대원 중 한 명이 나섰다.

"어휴, 그렇게 설명하면 못 알아듣지!"

'흙의 규격외 능력자…… 유지상이었지?'

나무와 흙은 관계 탓인지, 아니면 동갑이라던 그 둘의

나이 탓인지 전에 소개받을 때도 가장 친한 친구로 소개받은 유지상은 장목영 다음으로 이곳에서 가장 친한 사람이었다.

"태일 씨 쟤 말 귀담아 듣지 마."

"뭐, 왜? 맞잖아 집중력 훈련."

"야야, 태일 씨도 규격외 능력잔데 단순히 집중력 훈련이라고 하면 이상하지! 태일 씨 제가 다시 설명해 드릴게요."

"어쭈? 네가 나보다 더 설명을 잘한다고? 비켜, 내가 할 거야!"

"어허, 어디 처음 온 사람한테 이상한 소리나 해 놓고선, 나서긴 어딜!"

투닥투닥!

그렇게 나에게 이 훈련에 대해 설명하는 것을 두고 투닥거리며 싸우는 그 둘의 모습이 재미없냐고 묻는다면 그건 아니지만…… 이 상황 속에서 뻘쭘하게 서 있어야만 하는 나로서는 이 둘을 말려야 할 필요성을 느꼈다.

"흠흠…… 저기……."

"내가 할 거야!"

"나라니까!"

"저…….."

"어쭈?"

"어랍쇼?"

"⋯⋯."

그렇게 내가 이 둘 사이에 발을 한 발자국 더 가까이 하려는 찰나, 나를 만류하는 손길이 있었다.

턱—!

"⋯⋯?"

절레절레—

내 어깨에 느껴지는 투박한 손길을 따라 고개를 돌린 곳에는 일전에 소개받았던 전기의 규격외 능력자 왕악중이 있었다.

그리고 내가 그를 향해 고개를 돌리자 왕악중은 스스로 앞으로 걸어 나가 장목영과 유진영 사이에 섰고, 허공을 가르던 둘의 손목을 하나씩 잡아챘다.

그리고.

"어?"

"엉?"

빠지지지지지지직!

순간 어두컴컴하던 방 안이 환해질 만큼 밝은 빛이 장목영와 유진영, 둘한테서 뿜어져 나왔고 이내 방 안은 고요해졌다.

"⋯⋯."

'소개받았을 당시에도 상당히 말이 없어 과묵하다고 생

각했는데, 말 보단 행동으로 보여 주는 식인가 보군.'

혹시나 죽은 것은 아닌가, 여전히 왕악중의 손에 잡힌 둘을 바라보며 이곳에 모인 이들의 성격을 파악해 갈쯤 방의 구석에서 뾰족한 소리가 들려왔다.

"그거 좀 쓸 때 말하고 쓰라고 했잖아요! 거기 둘은 나무랑 흙이라 괜찮은지 몰라도 전 안 괜찮다니까요!"

일전에 쫄쫄이라 부르며 한판 거하게 싸워 본 바 있는 철의 규격외 능력자 릴리아나의 외침이었다.

그녀는 이 멤버의 유일한 홍일점임에도 별로 대우는 못 받는지 일전에 소개받을 때도 싫다고 하는 것을 장목영이 말 그대로 '억지로' 끌고 와 나에게 소개시켜 줬던 기억이 있었다.

고래고래!

'뭐…… 성격 탓인지도 모르지.'

여전히 둘을 붙잡고 있는 왕악중을 상대로 고래고래 소리를 지르는 릴리아나의 외모는 우리가 흔히 아는 서양 금발 미녀의 전형이었지만, 저런 성격 탓인지 아니면 규격외 능력자들이 가진 특성인 건지, 나도 그렇고 여기 있는 모두가 그에 대해 별다른 감정은 없어 보였다.

'아니, 감정이라면 생기긴 하는데.'

이런 일, 이런 상황 속에서 여성에게 어떠한 감정을 갖는다는 것은 일을 진행함에 있어 곤란한 장애물이지만 나

지금,
우리
동네에는

는 지금 내 감정의 변화를 흥미롭게 관찰하고 있었다.

'살의…… 살의란 말이지?'

예전에 그녀와 마주쳤을 때도 그랬지만, 왠지 그녀를 보면 기분이 불쾌해지고 살의가 들었다.

그때는 폭주를 함으로써 모두 토해 내 상황을 해결했지만, 여기선 그럴 수 없는 노릇인데다, 그간 몇 번의 폭주를 경험해 보고 나니 내 활성화 능력에 있던 문제점을 깨달을 수 있었기에 이렇게 느닷없이 샘솟아 나는 감정을 어느 정도 컨트롤 하는 게 가능해져 나는 여유롭게 이런 변화를 관찰할 수 있었다.

이렇게 내가 나의 변화를 관찰하는 사이 릴리아나는 여전히 신경질을 내며 그녀의 말을 듣지도 않는 우리들에게서 타깃을 변경했다.

"야, 장보고! 너도 물의 능력자잖아! 전기 맞으면 아플 거 아냐! 너도 뭐라고 좀 해 봐!"

"훗, 뭘 모르시는군요. 완벽하게 순수한 물은 비전해질이기 때문에 전기가 통하지 않습니다."

"뭐얏?!"

"이게 어렸을 적 주머니 괴물로부터 잘못된 지식을 주입받은 폐해죠."

으쓱.

그렇게 말하며 어깨를 으쓱거리는 장보고의 모습은……

능글맞다 못해 재수 없는 모습이었다.

그런 장보고의 태도에 더욱 열 받아 고래고래 소리를 지르는 릴리아나를 보면서 나는 왠지 살의가 누그러지고 측은함이 들어서는 것을 느낄 수 있었다.

"으휴! 내가 앓느니 죽지! 앓느니 죽어!"

"아마 리나가 죽으면 부회장님이 세계 어딘가에 있을 네크로맨서를 섭외해서라도 살려 낼 겁니다."

"왜 하필 네크로맨서야!"

"그야 사자 부활을 할 수 있을 정도의 히어로라면 당연히 각 기관 및 회사의 주요 인물일 텐데, 부회장님이 아무리 능력이 있어도 그런 사람을 끌어들이는 게 가능할까요? 게다가 초능력자인 저희는 정신만 깨어 있어도 초능력을 쓸 수 있으니 네크로맨시 마법으로 정신만 도로 불러들이는 게 경제적일 테죠."

"으…… ㅇㅇㅇㅇ!"

"게다가 당신의 일만 끝나면 규격외 능력자인 당신의 몸은 '여러모로' 네크로맨서에게 유용할 것 같군요."

"야 이 자식아! 말 다했어?!"

"아직 덜 했습니다만?"

쿵!

장보고의 말이 끝나기 무섭게 그녀의 손에서 튀어나온 기다란 봉이 장보고의 미간을 꿰뚫었지만 그녀의 철봉이

때린 곳은 순식간에 기화해서 사라져 버린 장보고 뒤편의 벽이었다.

덜덜덜.

'여길 이렇게 지어 놓은 이유를…… 조금은 알 것 같군.'

특수 설계된 것이 빤한 이 방이 덜덜 떨리는 느낌에 방금 공격으로 진심으로 죽이려고 했다는 것을 알 수 있었다.

"훗, 길고 굵은 물건을 자랑하시려는 건 알겠습니다만 방향을 잘못 잡았습니다."

"이, 이 자시이이익!"

철썩!

이번엔 완전히 기화되기 전에 때린 것 같았지만, 아마도 물로 변한 상태였었는지 여전히 아무런 타격이 없는 모습으로 바로 옆에서 나타나는 장보고를 보면서 나는 혀를 내두를 수밖에 없었다.

'그나저나 장보고란 녀석 원래 저런 성격이었나? 일전에 마주쳤을 때도 능글맞다는 느낌이 조금 들긴 했지만 저런 식은 아니었던 것 같은데……?'

어떻게 봐도 성희롱으로밖엔 보이지 않는 대화 속에서 곧 적이 될지도 모르는 이들에 대해 알게 되는 것은 좋은 일이었지만…… 이 난장판을 정리해야 이것보다 중요한 정보를 얻을 수 있을 생각이 들었다.

짝짝짝!

"자, 여러분! 슬슬 그 훈련인가 뭔가…… 해야 하는 거 아닐까요?"

"흥! 나는 이 녀석들이랑 안 해!"

"저도 별로 달갑지는 않네요."

"뭐야?"

"자자, 진정들 하시고…… 이걸 빨리 마치면 다들 서로 얼굴 마주 보지 않아도 되는 것 아닌가요? 그쵸? 빨리 훈련 끝내고 나가는 게 좋지 않을까요?"

내가 다시 한판 붙으려는 그 둘 사이에 끼어들며 말하자 둘 모두 한 걸음씩 물러섰지만 기세를 보건데 아직 진정이 된 것 같지는 않았다.

내가 이들 둘 사이에 서서 어떻게 해야 할까 고민하고 있는 이때 느닷없이 목소리 하나가 끼어들었다.

"자! 그럼 훈련 시작하자!"

잔뜩 뻗친 머리를 하고 손가락을 흔들며 비틀비틀 일어나 외치는 장목영을 보면서 나는 어쩌면 오늘 훈련이란 것을 못하지 않을까 생각했지만, 다행히 아까 릴리아나가 말했듯 나무와 흙의 능력자인 탓인지 나머지 둘 역시 금방 정신을 차렸고, 이내 나는 훈련에 대한 정확한 설명을 들을 수 있었다.

"훈련이라곤 하지만…… 사실 우리 다섯은 이미 숙달한 상태고 태일 씨도 어렵지 않게 할 수 있는 일입니다. 다만 불시에, 어떤 상황에서든 이걸 해내는 훈련은 필요하겠지만, 이것 자체는 별게 아니니까요."

"야, 그런 거 말고 니가 계속 '이거'라고 하는 걸 설명하라니까?"

"말 안 해도 하려고 했어!"

티격태격!

말이 끝나기 무섭게 서로 다시 티격태격 대는 장목영과 유지상을 보면서 나는 작게 헛기침을 했다.

"흠흠……."

"크흠, 이따 보자. 그럼 '이거'란 무엇이냐?"

다행이 이런 나의 행동이 의미 없는 짓은 아니었는지 다시 고개를 돌린 장목영은 그가 여태껏 '이거'로 표현한 것에 대해 설명을 해 줬고, 장황한 설명과 몇 번, 유지상의 태클이 있긴 했지만 그 와중에 나온 정보를 취합해 요약하자면…….

"그러니까…… 저희가 정신력 수준과 각자의 정신력 패턴을 최대한 동일시해서 정신 에너지를 한곳에 모으는 훈련이란 거죠?"

"네! 역시 태일 씨는 금방 이해할 줄 알았어요!"

"그리고 내가 설명했다면 더 빨리 이해하셨겠지!"

"뭐얏?"

"거짓말 같아?"

"자! 그럼! 일단 시작하죠!"

나는 다시 기미를 보이기 시작하는 그 둘을 떼어 놓으며 이들 사이에 파고 들어가 훈련 시작을 알렸다.

하지만 이 훈련은 시작부터 문제에 봉착했다.

"난 싫어! 이 녀석 옆에 안 설 거야!"

"저도 싫습니다."

"난 이 나무쟁이랑 서기 싫어!"

"야 이 흙쟁아! 누군 좋은 줄 알아? 내 옆에서 비켜!"

이들 말에 따르면 이 훈련은 우리가 흔히 아는 오행의 순서대로 둥글게 서서 손을 잡은 상태로 감각을 공유해야 한다는데…… 철과 물, 나무와 흙의 능력자가 문제였다.

심지어 나무랑 흙은 바로 옆에 서는 것도 아닌데 싫다고 하니…….

'무슨 초등학생들도 아니고…….'

서로 옆 사람 손잡기 싫다고 하는 꼴이 옆에 앉은 짝꿍이 마음에 안 든다고 서로 선생님에게 짝을 바꿔 달라고 하는 꼬맹이들 같았다.

"하지만 오행의 순서대로 서야 한다면서요…….'

"흥, 난 싫어!"

"오늘 훈련 파토 내자!"

"그래! 나도 싫어!"

"이하동문입니다."

"……."

그들의 극렬한 거부 속에 사람들 사이에 주저앉은 나는 이 상황을 타개할 방법에 대해 고민하며 멍하니 앞을 쳐다봤다.

그런데.

"……?"

나는 내 눈 앞에 보이는 것에 대해 의문을 가졌고, 그에 대해 질문을 했다.

"저기…… 왕악중 씨?"

"……?"

"왕악중 씨는 어디에 서셨나요?"

"……."

나의 질문에 조용히 나와 눈을 마주치던 왕악중은 손가락으로 장보고와 장목영을 가르켰고 나는 이상함을 느끼지 않을 수 없었다.

'저 사람은 전기의 능력자인데…… 물과 나무의 능력자 옆에 섰다고? 아니, 애당초 전기의 능력자가 오행에 들어가는 게 아니잖아?'

나는 잠시 이 훈련 과정과 훈련 목표, 목적에 대해 잠시간 고민을 했고, 다시 떠오른 질문을 적당히 머리 위를 오가는 고성 사이에 집어넣었다.

"저기…… 이 훈련을 하면서 모으는 정신 에너지는 어떻게 하나요? 뭔가 특별한 형질의 원소로 바꾸거나 모을 때부터 정신 에너지를 원소화한 상태로…… 아니, 애당초 모을 때 무언가 패턴을 가지고 모으는 건가요?"

특정 목표를 지정하지 않고 내던지듯 던진 질문이었지만 대답은 곧장 들려왔다.

"아니요."

"아니에요."

"흥, 그럴 리가!"

"아닙니다. 그렇다면 여기 계신 분들이 이게 쉽다고 호언장담할 리가 없죠."

"……"

마지막 대답엔 무언가 광역 도발을 하는 듯한 사족이 붙어 있는 듯싶었지만, 이를 깨끗이 무시한 나는 그들의 대답을 통해 한 가지 결론을 도출해 냈다.

"이거…… 굳이 오행 순으로 설 필요 없는 거 아닌가요?"

멈칫!

순간 내 머리 위로 오가던 고성이 멎고 여기에 선 모두가 동작을 멈추는 게 느껴졌다.

"그…… 왕악중 씨만 해도 오행에는 속하지 않는 속성

이고······ 애당초 정신 에너지를 가운데에 모으는 게 목적
아닌가요? 그거라면 그냥 아무나 손잡고 해도 될 거 같은
데······."

"······."

"······."

"······."

"······."

원래 침묵 중인 한 명을 제외한 네 사람의 침묵이 이어
지고, 곧 주섬주섬 각자가 원하는 자리로 향했다.

그 결과 나무의 능력자 장목영, 전기의 능력자 왕악중,
물의 능력자 장보고, 흙의 능력자 유지상, 철의 능력자 릴
리아나 그리고 불의 능력자로 알려진 나를 순서로 자리에
서게 되었고 그제야 훈련이 진행될 수 있었다.

'흠, 그리고 보니 훈련 내용이 정신 에너지만 모으는 거
라 다행이네.'

만약 정신 에너지를 불로 변환해 특수한 힘을 만들어 모
으는 방식이었다면 나로선 꽤나 곤란할 뻔했다.

비록 여기선 불의 능력자로 알려져 있긴 하지만, 엄밀히
말해 나는 불을 사용할 줄 아는 능력자지 원래 능력은 활
성화가 아니던가.

'뭐, 그 방식이 어려운 것은 아니지만, 아무래도 거추장
스러우니까.'

그렇게 생각하는 사이 내 양옆에서 손을 잡은 릴리아나와 장목영의 손으로부터 긴, 정신 에너지의 끈이 느껴지기 시작했다.

여기 모인 사람들의 몸을 타고 흐르는 정신 에너지의 끈은 본래대로라면 각자의 몸에서 하나씩 끈을 만들어 양옆 사람의 끈과 매듭짓는 형태가 되어야 하지만, 이 훈련이 처음인 나를 배려해서 오늘만큼은 내 맞은편에 선 장보고가 만든 끈 하나로 서로의 몸을 관통하여 내 몸에 도착해 끈을 만드는 형태로 진행하기로 했다.

'흠, 생각보다 엄청 가느다란 끈이네? 이 정도면 별로 어려울 건 없겠는데?'

나는 이 처음 하는 훈련에 대해 꽤나 긴장을 하고 있었지만, 의외로 내게 도착한 결과물이 별것 아니었기에 적당히 긴장을 놓을 수 있었다.

'매듭을 짓는다고 했지? 나에게 보여 주기 위해선지…… 아니면 원래 그런 건지 몰라도 꽤나 오래 만드네.'

나는 가슴팍에서 느껴지는 간질간질한 느낌과 함께 내 양손을 타고 들어온 에너지의 끈이 요리조리 천천히 움직이며 단단한 매듭을 만들어 가는 것을 느끼고 있었다.

그리고 이를 통해 다시 한 번 절실히 느끼는 바가 있었다.

'정말 별거 아니네…… 장목영이 쉬울 거라고 한 말이

틀린 게 아니었어.'

물론 이건 예행 연습식의 훈련이고, 본 훈련은 어떻게 진행될지 알 수는 없으나, 방식이 이것과 똑같다면 나로선 이보다 수천 배 굵은 줄이 수십, 수백 개가 있더라도 어렵지 않게 지금과 같이 매듭을 지을 자신이 있었다.

'이거 너무 빨리 끝내면 오히려 의심받지 않을까? 아니, 너무 늦으면 또 오해받을 것도 같은데…… 이거 끝나고 평균적으로 얼마나 시간이 걸렸는지 물어볼까…….'

쉽다는 말도 들었고 실제로 훈련이 쉽기도 했지만, 너무 빨리 끝내면 이상하게 보는 것은 아닐까 이런저런 생각을 하고 있자니 생각이 계속 다른 곳을 향하기 시작했다.

'그나저나 손이 되게 부드럽네?'

나는 왼손에 잡힌 릴리아나의 손이 주는 감촉을 느끼며 딴생각을 시작했다.

'차가운 금속 같은 느낌이거나 아니면 되게 단단한 느낌을 생각했는데…… 그냥 여자 손이잖아?'

물론 여자 손을 잡아 본 일이 평생 몇 번 없던 탓에 비교 대상이 굉장히 적긴 했지만, 릴리아나의 손은 그간 잡아 본 다른 여자들의 손과 딱히 다를 바가 없었다.

아니, 조금 다른 게 있다면 손의 말캉한 느낌이 움푹 움푹 들어가는 말캉함이 아니라 적당히 해동한 고기를 손가락으로 꾸욱 눌렀을 때처럼 단단함이 남은 말캉거림이었다.

'의외로 굳은살도 없고…….'

조물조물.

그렇게 과격하게 철봉을 휘두르고 주먹을 휘두르는 정도라면 손바닥에 굳은 살 정도는 박혔을 거라 생각했지만, 역시 모두 초능력을 이용한 힘이었는지 손은 방금 로션이라도 바른 것처럼 매끄러웠다.

'그리고 이거…… 어디서 많이 느껴본 감촉 같은데.'

조물딱조물딱.

나는 릴리아나의 손이 주는 뭔지 모를 감정에 집중했다.

떠오를 듯 말 듯 아련한 무언가…… 어렴풋이, 흐릿하게 나타나는 밝은 빛의 기억.

'무언가…… 무언가 떠오를 것 같은데.'

명확하게 보이는 것은 아무것도 없지만, 그럼에도 불구하고 확실하게 알 수 있는 것은 몸이 가지고 있는 기억, 지금 내가 잡은 릴리아나의 손이 주는 이 촉감을 분명 몸이 기억하고 있다는 점이었다.

'대체…… 이걸 어디서 만져 본 거지?'

여성의 손이라고 하면 일평생 악수로도 몇 번 만져 본 전례가 없기에 릴리아나 정도의 여자 손을 잡았더라면 내 기억 속에 뚜렷하게 남아 있을 수밖에 없었다.

하지만 내 머릿속에 그런 기억은 전무한 상태.

지금 우리 동네에는

그렇다면.

'내가 잃어버린 기억 중에…… 이 촉감이 있다는 건 가?'

비록 심증과 감각에 의존한 결론이지만…… 분명했다.

겨우 촉감만으로도 이만한 기억의 혼선을 준다는 것은 분명 나에게 있어 이 촉감이 기억될 당시의 상황이 몸에 기억으로 남을 만큼 어떤 큰일에 속하는 것이었단 말이리라.

나는 정신 에너지를 손에 집중에 감각을 돋워 감각을 조금 더 세세히 떠올려 나갔고, 그에 따라 흐릿하기만 하던 무언가가 조금씩 또렷한 그림으로 변해 가는 듯싶었다.

그리고 마침내……!

"이게 진짜!"

퍼억!

"케헥!"

릴리아나의 팔뚝에서 불쑥 튀어나온 철봉은 정확하게 내 목젖을 가격하자, 나는 뒤로 나가떨어질 수밖에 없었다.

그와 동시에 집중이 깨진 나머지 사람들도 집중을 위해 감고 있던 눈을 하나씩 뜨고는 뒤로 넘어간 나와 팔에서 나와 완전히 봉의 모양을 갖춘 철봉을 들고 있는 릴리아나를 번갈아 보기 시작했다.

"……또냐?"

"어휴, 저희 훈련 좀 하는 게 어떨까요?"

"이번엔 또 왜 그래?"

"저 자식이! 내 손을 변태처럼 주물렀단 말이야!"

릴리아나는 잔뜩 화가 난 목소리로 특수전대원들에게 설파했지만, 릴리아나와 나를 다시 한 번 번갈아 보고는 내게 몰려와 한마디씩 했다.

"괜찮아요 태일 씨?"

"쟤가 오늘 유달리 민감하네요."

"제가 이래서 옆에 서기 싫다니까요?"

슥—

말이 없는 한 사람은 말 대신에 나에게 손을 내밀어 주는 것으로 하고 싶은 말을 대신했다.

어쨌든 이런 식의 말들이 당연하다는 듯 오고 가자 이틀 뒤에서 지켜보던 릴리아나의 눈에서 불똥이 튀는 게 보였다. 나는 이 상황에 대해 어떻게 대처해야 이득인가 따져 볼 겨를도 없이 반사적으로 진실을 말했다.

"아닙니다. 제가 릴리아나 양에게 실례되는 짓을 했어요. 죄송합니다."

"흥! 거 봐! 그 녀석 잘못이라니까!"

내가 릴리아나에게 사과를 하자 한껏 기세등등해진 릴리아나가 콧방귀를 뀌며 나머지 사람들을 쏘아봤지만…… 거기까지였다.

"어휴, 태일 씨도 사람이 착해도 너무 착하다니까……
그렇게 신경 안 써 줘도 되요."

"그렇게 무서워할 것 없어요. 저게 아프긴 한데…… 그
냥저냥 맞을 만해요."

"다음부턴 저번에 구워 보내셨을 때처럼 화끈하게 반격
하세요."

끄덕—

"이, 이것들이?!"

말이 없는 왕악중의 고갯짓이 결정적이었던 건지 손에
들고 있던 철봉을 뚝, 분질러 두 손에 든 릴리아나가 사납
게 외쳤다.

"다 죽어!"

"흥! 쉽게 죽어 줄까?"

"그거 나한텐 안 통할 텐데?"

"내가 오늘을 위해 나무를…… 으잉? 타임! 나무가 없……
잠깐!"

쿠콰과과과과꽝!

그렇게 시작된 좁디좁은 방안에서의 난투극은 능력 사용
에 제한이 있던 장목영이 일방적으로 두드려 맞고, 한창
그를 때리던 릴리아나가 씩씩거리며 방을 나설 때까지 계
속되었다.

✿　　✿　　✿

　　문질문질.

　　"아우, 아파. 왜 이놈의 기지는 실내에 나무가 이렇게
없는 거야?"

　　"멍청아 이렇게 효율적으로 설계한 기지에 나무를 놓는
게 말이 되냐?"

　　"뭐, 어때서! 미관상으로도 좋지, 환경 보호도 되지……
게다가 나무의 녹색은 눈을 편안하게 한다고! 게다가 흙도
생기니 너도 좋잖아!"

　　"그래서 난 주머니에 만날 흙을 한 줌 챙겨서 다니잖아.
너도 나무 한 토막 들고 다니던가."

　　"……죽은 나무는 도움이 안 되는걸."

　　"쯧쯧, 멍청하긴 주머니를 화분처럼 개조하거나 휴대성
간편한 화분을 하나 만들어 달라고 해."

　　"나, 나도 그럴 생각이었어!"

　　"……저기."

　　여전히 티격태격 대는 장목영과 유지상을 보면서 나는
그들을 불렀다.

　　"아, 태일 씨. 태일 씨는 다친 데 없어?"

　　문질문질.

　　"네? 아…… 뭐 어쩌다 보니."

나는 어디선가 구해 온 달걀로 얼굴을 문지르는 장목영을 보면서 내가 정말 이런 사람들을 배신해도 되는 걸까, 라는 작은 죄책감과 의문을 느껴야만 했다.

"태일 씨는 너 같이 나무 쪼가리가 없으면 아무것도 못 하는 사람이 아니라고."

"누가 뭐래? 그냥 리나, 그 철땡이의 눈먼 봉이라도 맞았을까 봐 물어본 거지."

"아, 저기."

"……?"

"……?"

나는 다시 불을 붙여 가는 둘의 대화에 재빨리 끼어들어 아까부터 묻고 싶었던 것을 물었다.

"릴리아나 씨의 방은 어디에 있나요?"

"……"

"……"

나의 질문에 그야말로 기괴하면서도 기묘한 표정이 되어 나를 쳐다보는 그 둘의 시선은 굉장히 부담스러웠지만, 지금의 나는 부담스러운 시선을 받더라도 반드시 해야만 하는 중요한 일이 생긴 상황이었기에 꼭 물어봐야만 했다.

'아까 잠시 스쳐 지나간 것이지만…… 분명 이곳 구조에 대한 세세한 기억이 스쳐 지나갔어. 그렇다는 것은…… 나는 아마 예전에 이곳에 있었다는 말일 테지? 그리고 그때에 대한 기억이 바로 내가 잊어버린 기억이란 것이고. 그렇다면 기억을 찾기 위해선 릴리아나에게 조금 더 접근하는 게 좋겠지.'

"그…… 뭐시기냐…… 릴리아나의 방은, 왜……?"

"혹시 사과 같은 걸 하려는 거라면 걱정할 필요 없어요. 오늘 이 녀석을 잔뜩 팼으니 모레쯤 되면 또 투덜투덜거리면서 훈련하러 나올 거예요."

왠지 나를 적극 만류하는 분위기에 그냥 릴리아나를 통해 기억을 찾지 말고, 관련 기록 같은 거나 찾으러 다닐까 생각했지만, 나로선 빨리 이 일을 해결하고 싶은데다가 기록물로 나와 관련한 예전 기록을 확인한다고 한들 내 기억이 완전히 돌아올지도 의문이었기에 불완전하게나마 희망을 보인 릴리아나 쪽을 선택했다.

"아…… 그래도 일단 사과는 하는 게 좋을 거 같아서. 그리고 물어볼 것도 좀 있고……."

"……흐음."

"……뭐 정 그러시다면야."

나를 보는 눈빛이 묘하게 반짝이게 된 둘의 모습에서 무언가 별로 좋지 못한 일이 생길 것만 같은 기분이 들어 지금이라도 물려야 하나, 생각을 할 때쯤 유지상과 장목영이 자신들을 따라오라며 안내를 시작했다.

속닥속닥.

소곤소곤.

'저 소곤거리는 게 되게 마음에 걸리는데……'

둘이서 음흉한 표정을 짓고 속닥이는 모습이 계략을 세우는 악당의 전형적인 모습 같아, 다시금 불안감이 들었지만, 생각보다 멀리 있지 않던 목적지 탓에 내 이런 생각은 오래가지 못했다.

"자, 잘해 봐요, 태일 씨."

"제가 멀리서 응원할 테니까……! 그리고 태일 씨 몸이라면 한두 방 정통으로 맞는다고 해도 괜찮을 거니까 너무 쫄지 말고, 파이팅!"

후다닥!

그 말들을 끝으로 나를 릴리아나의 방문 앞에 세워 두고 멀리 달려가 버리는 둘의 모습이 옆집 초인종을 누르고 주인이 나오기 전에 도망가는 꼬마들 같아 신경이 쓰였지만, 이내 앞에 놓인 과제에 신경을 집중하기로 하고 문 앞에서 호출기를 눌렀다.

그리고 잠시 뒤.

삐익!

—누구야! 나 오늘 기분 별로 안 좋으니까 부회장님 아니면 그냥 가!

틱!

'만약 정말 오준영이었으면 어쩌려고……'

본인 할 말만 하고 딱 꺼져 버리는 호출기를 보면서 나는 오준영을 나 대신 오준영을 이 앞에 세워 놓고 싶다는 생각이 간절해졌지만, 오늘 그녀로선 억울한 일을 당하기도 했고, 기분이 나쁠 법도 하니 인내를 갖기로 했다.

삑!

"릴리아나 양? 저 신태일입니다."

ㅡ…….

이미 한 번 당한 전례가 있는 만큼 이번엔 호출기를 누르고 릴리아나의 목소리가 나오기 전에 먼저 선수 쳐 신원을 밝혔다.

띠리릭.

"뭐야? 무슨 일이야?"

잠시 뒤 열린 문틈으로 모습을 드러낸 릴리아나는 여전히 잔뜩 찌푸린 얼굴을 하고 있었지만 그래도 장목영을 열심히 때린 탓인지 아까에 비하면 기세가 많이 누그러진 듯했다.

"아, 그…… 아까의 일에 대해 사과를 좀 드리려고……."

"사과 안 받아 꺼져."

삑!

띠리릭.

순식간에 닫혀 버리는 문을 보면서 잠시 할 말을 잃은 나는 다시 마음을 가다듬고 호출기를 눌렀다.

틱!

삑!

—꺼져!

틱!

"……."

'조금 더 마음을 가다듬을 필요성이 있겠군.'

방금 릴리아나를 마주할 때마다 튀어나오던 살의가 이번에야말로 폭주로 이어질 뻔한 것을 가라앉히며 나는 끈기 있게 릴리아나 방의 호출기를 눌렀다.

그렇게 나와 릴리아나의 기 싸움이 시작되었다.

틱!

틱!

틱!

틱!

…….

그러길 얼마나 지났을까.

마침내 문이 열리고 잠옷으로 갈아입은 릴리아나가 문틈으로 모습을 드러냈다.

"야! 그만 좀 해! 잠 좀 자자, 잠 좀! 할 말 있으면 그냥 밖에서 떠들고 꺼지라니까!"

"밖에선 말씀드리기가 조금 불편해서요. 그러니 안에 들어가서 차분히 제 말 좀 들어 보세요."

"이게 진짜……!"

열 받아 미치겠다는 표정으로 인상을 쓰던 릴리아나는 이내 주변을 휙휙 돌아보고 나를 위아래로 훑어본 다음 다시 말했다.

"……들어와! 하고 싶은 말이 뭔진 몰라도 빨랑하고 꺼져."

"……감사합니다."

그렇게 마침내 입성하게 된 릴리아나의 방은 배정받을 때 모습 그대로인 내 방과 달리 의외로 아기자기하게 꾸며져 있었다.

나를 방에 들인 릴리아나가 침대에 주저앉으며 말했다.

풀썩.

"그래, 빨랑 말해 봐. 나 잠 좀 자자."

"아, 시간이 벌써 이렇게 되었네요. 늦은 시간에 죄송합니다."

"죄송한 줄 알면 하질 말았어야지……."

구석에 놓인 탁상시계를 보며 말하는 뻔뻔한 나의 행동에 미간을 모은 릴리아나는 잠시 한숨을 쉬고는 이번엔 아예 침대에 드러누워 버리더니 말했다.

"야, 이제 말해. 니가 하려는 말이 뭔지는 몰라도 별거 아니라면 이대로 잘 거니까."

"아, 주무시면서 들으셔도 됩니다."

나야 다시 한 번 손을 잡는 게 목적이니 릴리아나가 잠을 자던 깨어 있던 상관이 없었다.

아니, 오히려 잠든 쪽이 일을 하기엔 속 편하달까?

"이게 진짜!"

한 대 때릴 기세로 손을 번쩍 들어 올렸던 릴리아나는 내가 별다른 반응이 없자 다시 한숨을 푹 쉬더니 몸을 돌려 내가 안 보이는 쪽으로 얼굴을 향한 채 다시 누워 버렸다.

"그러니까…… 우선 아까의 일은 죄송했습니다."

"아까가 아니라 어제의 일이야."

내 얼굴이 보이지 않게 등 돌아 누운 채 침대 옆에 놓인 시계를 탁탁 치는 모습이 꽤나 재밌었지만, 어쨌거나 나는 저 문 앞에 서서 몇 시간 동안 생각해 놓은 이야기를 풀기 시작했다.

"그러니까…… 제 이야기는 제 어린 시절로 거슬러 올라갑니다."

"……."

그렇게 시작된 나의 이야기는 평범하지만, 풍족하지 못했던 나의 삶과 그로 인해 생겨난 가정불화, 그리고 사랑받지 못하고 자란 한 어린아이의 사랑을 찾아 나가는 대서사시였다.

굉장한 분량의 이야기였지만 이것만으로는 설득력을 얻

기 힘들지도 모른다는 생각에 중간에는 릴리아나가 가진 이 이야기의 흥미를 최저로 떨어뜨려 줄 군대 이야기를 섞기도 했다.

그리고 마침내.

"그렇게 저는……."

"……쿨."

"……힘들게 히어로가 되었지만……."

"쿠울……."

"……여전히 엄마 품을 잊지 못해 여자의 손을 잡아야만 하는 불치병에 걸렸습니다. 그래서 말인데 릴리아나 양 손 좀 잡아 봐도 되겠습니까? 아, 다행입니다. 릴리아나 양 같이 친절한 사람이 있어서 역시 세상은 살아 볼 만한 가치가 있는 것 같습니다."

나는 릴리아나의 호흡이 완전히 수면 상태에 들어간 사람의 그것으로 변하는 것을 감지하고 재빨리 이야기를 대충 마무리 지으며 아까 시계를 칠 때 뒤에 따로 떨어져 있게 된 릴리아나의 손에 살포시 손을 얹었다.

'여기가 사회였다면 이 행동만으로도 징역을 먹었겠지만…….'

지금 나에게 있어 내 목적의 우선순위는 사회적 가치관, 유교적 가치관과 범죄 행위 보다도 위에 있었기에 거침이 없었다.

지금, 우리 동네에는

조물딱조물딱.

'아까의 감각을 떠올려 보자.'

그냥 만져서는 그때의 감각을 떠올리기 힘들 거란 생각에 릴리아나의 손을 쥐고 감각을 끌어올려 두 눈을 감고 마치 음미하듯 손을 주물렀다.

그렇게 얼마나 지났을까?

음…… 으음…….

"……."

릴리아나가 잠에서 깨려는 기색이 느껴졌지만, 나는 잡은 손을 놓지는 않았다.

아니, 놓을 수가 없었다.

머릿속을 채워 가는 기억의 홍수 속에서 정신을 잃지 않기 위해 이를 악물고 있었기에 그저 버티는 것 외에는 내가 할 수 있는 게 없었다.

아니다, 채워 간다는 표현은 잘못되었다.

나의 머릿속에 감춰져 있던 기억은 마치 컴퓨터가 파일을 삭제하는 것처럼 삭제한 기억을 덮어씌우는 방식이었고, 이건 나 스스로가 나의 정신을 지키기 위해 선택한 가장 합리적인 방법이었다.

그리고 이건 단순히 지키는 것을 넘어서 복구가 되는 순간까지도 배려된 최상의 방식이었기에 원래부터 존재하던 곳에 삭제라는 포장으로 가려져 있던 것이 다시 나타나는 것은 전혀 문제가 되지 않았다.

그렇다면 나를 지금 이 순간 꼼짝 못하게 하는 것은 무엇일까.

바로 기억과 함께 경험으로 각인되는 감각들이 문제였다.

기억이란 것은 단순히 이미지로만 남는 것이 아니다.

눈으로 보고, 귀로 듣고, 코로 맡고, 입으로 맛을 보며, 손으로 감촉을 느낀다.

이 모든 자극이 뇌에 남게 되는 것이 기억, 내가 머릿속에서 찾아가는 것은 눈으로 보았던 기억뿐만이 아니라 귀로, 코로, 입으로, 손으로 기억한 나머지 감각적 기억들을 포함하고 있었다.

그간 '삭제'라는 포장지로 덮어 놨기에 가지고 있지 않아도 되었을 감각을 기억을 떠올림으로써 다시 뇌리에 새기는 작업이 진행되고 있는 중이었다. 나는 쏟아지는 감각 속에서 정신을 잃지 않기 위해 내가 이것들에 휩쓸리지 않도록 중심을 세우는 중이었다.

또옥—

얼굴 가득 샘솟아 오른 땀방울이 턱 끝에 맺혀 떨어질 무렵.

"후우……"

'끝난 건가?'

나는 온전한 기억을 찾을 수 있었다.

'오준영 그 인간…… 사람 몸뚱아리로 어지간히 장난질 쳤구만?'

내가 본 기억 속에는 정체불명의 기계 위에 올라선 내가 몇 번이고 끝도 없이 내가 초능력을 얻던 순간을 떠올리는 장면이 있었다.

'그러니 기억이 망가질 수밖에.'

아무리 지난 기억을 돌려 보는 것이라지만, 오준영은 나에게 그 순간을 명확하고 생생하게 떠올리길 바랐으며, 그걸 자신이 가진 기술력을 통해 보충했기에 나는 기억을 떠올릴 때 마다 당시의 생생한 느낌을 그대로 받아야만 했다.

이 세상에 과연 자신이 죽어 가는 과정을 수십 수백 번씩 보고도 정신이 말짱할 수 있는 인간이 얼마나 될 수 있다는 말인가?

그때를 떠올려 보면 지금처럼 생각을 하고 있다는 것만 해도 기적에 가까운 일이 틀림없었다.

'그래도 이런 식으로나마 기억을 찾을 수 있어서 다행이군.'

비록 찾은 기억이 별로 좋지 못한. 아니, 아주 좋지 못한 기억이었지만 조금씩 남아 있는 이곳 구조에 대한 기억은 나를 목표에 한층 가깝게 했으며 오준영과 관련한 안 좋은 추억은 이곳 사람들에게 익숙해지며 느슨해진 내 목표 의식을 각성시키는 계기가 되었다.

만약 내가 단순히 나의 기억을 돌려 봤다는 등의 기록물들을 보고 기억을 떠올렸다면 아마 이런 기분이 들지는 않았을 것이다.

아마도 이곳에 있는 이들에 대한 기억과 헛된 꿈에 빠진 오준영에 대한 연민으로 나 스스로의 복수심은 잠재우고, 오히려 신의철에게 찾아가 변명을 늘어놓았을지도 모르는 일이었다.

'그런 면에서 오늘은 꽤나 운이 좋았어.'

사실 이런 식으로 기억을 찾게 된 것은 굉장히 운이 좋다 못해 기적에 가까운 일이라고 할 수 있었다.

'삭제 됨'으로 기억된 나의 기억은 단순히 릴리아나의 손을 맞잡아 본다고, 오준영과 대면한다고 해서 떠올릴 수 있는 것은 아니었다.

오늘 이런 게 가능했던 것은 훈련을 위해 정신 에너지로 감각을 최고조로 끌어올린 상태였기에 가능한 일이었고, 그로 인해 나의 잃어버린 기억 중 어렴풋이 남아 있던 감각이 이런 기적을 이끌어 낸 것이다.

'오늘은 이만 쉬고 내일부턴 기억을 통해 알게 된 걸 기반으로 조사하면 되겠군.'

수년 전 기억이기 때문에 지금과는 차이가 있을 수도 있

지금 우리 동네에는

지만, 기밀을 요하는 중요 시설이나, 자료의 보관 시설 등은 보안상 그 위치가 옮겨지긴 힘들 터이니 대부분 그대로 있을 가능성이 높았다.

아까 잠에서 깨려할 때 집중을 요하는 작업 중이라 오히려 힘 줘서 손을 쥐었던 탓인지 처음보다 불편한 인상으로 잠들어 있는 릴리아나를 잠시 내려다본 나는 그녀가 잠에서 깨지 않게 조용히 방을 나섰다.

삑!

띠리릭!

그리고 잠시 뒤.

벌떡!

"……저게 진짜."

불편한 표정으로 잠들어 있던 릴리아나가 자리에서 벌떡 일어나며 방금 태일이 나간 방문을 노려봤다.

그리고 자신의 손을 내려다봤다.

"우씨…… 불편한 기억이나 나게 하고 말이야……."

그녀가 이곳에 온 지 얼마 안 됐던 어느 날 마주한 그 그로테스크한 장면.

복잡한 기계 장치에 온몸이 속박된 채 고통으로 몸을 떨던 청년과, 그걸 무표정하게 지켜보던 중년인, 그리고 중년인이 잠시 자리를 비운 사이 고통에 떨던 청년의 손을 잡았던 자신의 모습과 원망에 찬 눈으로 그녀를 바라보던 청년의 눈까지도.

그녀는 태일의 손이 내는 뜨거운 열기 속에서 당시의 모습을 회상할 수 있었다.

'쳇, 여자의 손을 그렇게 떡 주무르듯 주무르다니……변태 자식.'

내일 만나면 오늘 장목영한테 했던 것처럼 흠씬 패 주리라 생각하며 릴리아나는 다시 잠을 청했다.

❖   ❖   ❖

그 시각 기지의 모처.

"……암시가 풀렸다?"

오준영은 오늘 낮부터 흔들리기 시작한 자신이 건 암시가 새벽이 된 지금 완전히 풀렸음을 깨달았다.

'어떻게 된 거지?'

낮에 잠시 암시가 흔들렸을 때는 굉장히 놀랐지만, 이내 얼마 안 가 원래대로 돌아오는 것을 느끼고 강대한 정신력을 가진 태일이 본능적으로 암시를 흔들었지만, 풀지는 못했구나 정도로 생각했다.

물론 이것만으로도 굉장히 놀랍고도 심각한 문제인 만큼 태일의 암시에 들인 공은 엄청난 것이었지만, 이미 한 번 암시를 푼 전례가 있었기에 그럴 수도 있다 생각했다. 이에 대한 보완을 위해 늦은 시간까지 태일에게 걸린 암시를 보완할 방법을 궁리하고 있던 것이다.

그런데 느닷없이 암시를 풀어 버리다니!

오준영으로선 전혀 예상치 못한 결과였다.

'저번에 암시가 풀린 것은 신의철이 도와줘서 풀었다고 생각했는데…… 설마 그때도 완전히 자력으로 풀어냈다는 것인가?'

물론 당시의 암시는 상대적으로 낮은 수준으로 힘을 사용한 것이었기에 천재라 불리는 신의철과 태일의 강력한 정신력이라면 그럴 수도 있다라고 생각했지만, 지금의 결과를 보자면 전혀 그렇지 않았다.

이곳에는 천재인 신의철도, 태일을 도와줄 사람도 없었다.

게다가 이번에 태일에게 건 암시는 규격외 능력자인 오준영이 그야말로 전력을 다해 건 암시였다.

그런데도 이렇게 순식간에 풀렸다는 것은 태일이 가진 정신력이 오준영이 생각한 것을 훨씬 압도한다는 의미였다.

'이번 암시는 기억을 부정하거나 의식을 완전히 부정하는 형태도 아니고, 암시를 건지 24시간도 채 지나지 않았는데…….'

이번에 오준영이 태일에게 건 암시의 내용은 이러했다.

이곳에 모인 이들은 정신적으로 문제가 있는 이들로 동정해 줄 가치가 있는 인물들이라는 것, 오준영이 목표로 하는 것은 인류의 구원이며, 그 과정에서 악질적인 행위가 있었지만 목표한 바가 공익에 부합함으로써 정상 참작의 요지가 있다는 것, 그리고 오늘 특수전대원으로 이곳에서 힘을 얻음으로써 모든 일은 순조로우며 전혀 걱정할 필요가 없다는 것이었다.

이 모든 내용은 태일이 그가 목적으로 한 것에 도달했을 때, 그가 일말의 망설임을 갖도록 하는 안전장치였다.

겨우 망설임을 갖는 게 왜 안전장치이냐 하면 아무리 강대한 정신력을 지닌 사람이라도 마음에 흔들림이 있으면 오준영 본인의 힘으로 제어할 수 있다는 자신감 때문이었다.

물론 강한 정신력의 소유자인 태일에게 이게 무한정 먹힐 리가 없다는 것을 오준영은 잘 알고 있었지만, 오준영이 준비한 계획 역시 막바지, 결정적인 순간 태일을 봉쇄하여 단 며칠만 시간을 끌면 되는 것이었기에 이러한 계획을 세운 것이었다.

물론 이 며칠의 시간을 버는 방법에는 태일에게 특수전대원 타이틀을 며칠 뒤에 주는 방식도 존재했지만, 특수전대에 소속감을 부여하고, 다른 인원들과 친분을 만들어 나중에 마음의 동요가 생기는 순간 더 큰 파장을 만들기 위해서는 지금 시기가 좋다는 생각이었기 때문이다.

'젠장, 너무 자만했다.'

아무리 강대한 정신력의 소유자라도 그가 마음만 먹으면 며칠 잡아 두는 정도는 별것 아니라고 생각한 것이 너무 큰 실책이었다.

게다가 그 상대가 이미 한 번 암시를 풀어낸 전적이 있음에도 불구하고 이런 허술한 계획을 세운 것은 그 스스로가 너무 오만한 탓이었다.

오준영은 상황이 급박해졌음을 깨달았다.

삐익!

—네, 부회장님.

"장치는…… 장치는 얼마나 완성된 거지?"

—……낮에 말씀 드렸다시피 90%정도 완성이 되었고, 일주일 정도 후면 완전히 완성이 됩니다.

"젠장…… 늦어!"

암시에서 깨어난 태일이 자신이 걸린 암시의 내용에 대해서 완전히 인식하고 있을지는 미지수였지만, 암시가 풀린 이상 이제부터 태일이 할 행동은 빤했기에 오준영으로선 시간이 없었다.

물론 시간을 벌 자신은 있었지만, 자료를 파기하지 않는 이상 태일이 떠나는 것을 원천봉쇄할 방법은 전무했다.

'게다가 자료의 양도 방대하고, 이곳저곳에 연구 결과를

토대로 만들어진 기술들이 남아 있으니 자료 파기는 현실
적으로 불가능해……!'

"닷새…… 아니, 사흘 내에 최대한 완성시켜!"

─뷰, 부회장님. 아무리 열심히 만든다고 해도 그렇게
는…… 그리고 만약 급하게 완성한다고 해도 그렇게 되면
안정성을 보장할 수 없게 됩니다.

"안 돼. 일이 급해졌어. 최악의 경우 일을 실행조차 할
수 없게 된다."

기밀 문서가 있는 곳에 출입이 가능해진 태일은 이제 원
하는 바만 찾으면 곧장 이곳을 떠나면 된다.

그리고 그렇게 되는 게 필요한 시간은 단 하루도 걸리지
않을 터였기에 오준영은 마음이 급했다.

만약 태일이 이곳을 떠난다면 돌아올 리가 없음을 알고
있기 때문이다.

'불의 규격외 능력자를 하나 더 찾는 방법도 있겠지
만…… 현실적으로 불가능해.'

원소계 초능력 중 가장 흔한 게 불을 다루는 초능력이지
만, 그 대상이 규격외 능력자라면 전 세계에 불의 규격외
능력자는 태일밖에 없을 수도 있었다.

오히려 지금껏 규격외 능력자를 모아 온 게 기적이라고
보는 게 좋을 만큼 특정 능력의 규격외 능력자는 드물었으
니 말이다.

'게다가 예언에 서에 나온 대로라면 이미 반년밖에 남지 않았어. 만약 불의 규격외 능력자를 찾는다고 해도, 이대로 저 녀석이 탈출해서 이 시설이 박살나게 된다면 반년 내에 다시 준비를 한다는 것은 불가능해.'

예언의 서에 나온 다른 세상의 침략자들이 지구로 오는 것은 반년 후.

태일의 파견이 반년 후로 정해진 것도, 그전에 다른 능력자들과 훈련이 필요하다고 했던 것도 다 이것 하나만을 위해서였다.

물론 중간중간 일이 꼬인 덕분에 이 지경이 되었지만 최초의 계획은 그것이었다.

"오늘부터 녀석을 감시하는 인력을 늘려야겠어."

이렇게 된 이상 태일이 이곳을 뒤지고 다니는 것은 막을 방법이 없었다.

물론 막고자 한다면 무력으로 제압하는 방법이 있지만, 이 방법은 일정 구역만 벗어나면 텔레포트로 도망가는 게 가능한 태일이 압도적으로 유리한데다, 불의 규격외 능력자가 가지는 불의 위력은 이미 릴리아나와의 싸움에서 입증된 만큼 함부로 싸우는 것은 위험할 수가 있었다.

그렇다면 가장 좋은 방법은 태일이 일을 진행하는 것을 지연시키고, 필요한 순간에는 암시를 걸어 일을 돕게 만드는 것이 가장 현명한 방법이었다.

'물론 암시의 효과가 짧다는 게 증명이 되었으니 결정적인 순간에 사용해야겠지.'

어쨌든 그 순간까지 가기 위해 최우선되어야 할 것은 태일의 감시를 늘리고 되도록 많은 제한을 만드는 것이다.

이곳에는 태일을 헷갈리게 만들기 충분한 방들이 있고, 오준영에게는 이곳에 있는 모두를 통제할 권리가 있으니 며칠 정도는 의심받지 않고 충분히 속일 수 있으리라.

오준영은 그렇게 생각했다.

❖   ❖   ❖

"좋아, 확실하게 증거가 될 만한 자료가 있을 법한 곳은…… 몇 안 되는군."

기억을 더듬어 본 결과 자료가 있을 법한 곳은 내가 실험을 받던 실험실과 실험이 끝나면 오준영이 가던 방, 그리고 연구진들만 드나들던 방이나 통로, 그 외에 출입이 금지된 곳들이 떠올랐다.

만약 공개될 경우 약점이 될 게 빤한 자료를 함부로 두지는 않았을 게 분명한 만큼 적당히 외진 곳을 찾으니 단숨에 몇몇 곳이 떠올랐다.

'거기에 연구 자료라면 연구진들은 당연히 자료에 접근할 수 있을 테니까, 연구진들이 드나들 수 있는 곳을 다시

추려 내면 되겠군.'

이미 추려 낸 곳 대부분이 연구진이 출입 가능한 곳이리라 생각되지만, 그 와중에도 조금이라도 더 걸러 낸다면 나로선 유리한 일이니 내일이 되면 장목영에게 안내를 받아 샅샅이 뒤질 생각이었다.

나는 그렇게 생각했다.

❊　　❊　　❊

신의철은 한나절 동안 고민했다.

태일의 신변에 이상이 생긴 것으로 추정되는 이때, 그를 구하러 갈 것인가 말 것인가.

솔직히 태일의 신변에 이상이 있는 게 확실하냐고 묻는다면 그로선 '그렇다.' 확답을 할 자신은 없지만, 태일이 상식 밖의 행동을 했다는 것은 신의철의 기준에선 정상은 아니라는 의미와 같았다.

그리고 태일의 이상은 곧 계획의 틀어짐, 최악의 경우 실패를 의미하는 바로, 이번 일을 위해 이런 말도 안 되는 연기를 하고 각 파벌의 지원까지 약속받은 상황에서 일이 잘못된다면 이건 단순히 실수로 끝날 문제가 아니었다.

사장이란 직함을 내놓아야 할지도 모를 일.

'그리고 김 비서한테 어마어마하게 갈굼을 먹겠지.'

안 봐도 빤했다.

평소에도 못 잡아먹어 안달인 그녀라면 그런 좋은 기회를 놓치지 않으리라.

'하지만 그보다도……'

사실 비서인 김서영한테 갈굼을 먹고 회사의 사장직을 내놓는 것보다도 신의철에겐 더 중요한 게 있었다.

바로 태일을 잃게 된다는 것.

상황이 정확히 어떻게 돌아가는지 알 수는 없지만, 태일이 만약 오준영 쪽으로 돌아선 것일 경우, 태일은 오준영의 백업이 있으니 하던 대로 하고 살면 된다.

거기에 오준영이 어떤 방식을 택할는지 몰라도 태일을 드러내 놓고 사용한다면 장담컨대 태일은 S급 이상의 등급을 받고 임원과 동급이 될 것이다.

그에 비해 직함을 잃게 되는 신의철은 태일에게 간섭할 권한이 전혀 없으니 그야말로 태일을 잃는 것이라고 할 수 있었다.

"그래선 곤란한데……."

천재로서 평생을 살아온 신의철은 너무나 쉬운 세상에 무료함을 느끼고 있었다.

그렇기에 그는 언제나 재미에 집착했고, 그에게 흥밋거리가 되는 것에 있어서는 그가 가진 것에 한에 그 어떤 것도 아끼지 않았다.

아니, 설령 그에게 없는 것이라도 구해서 투자를 했다.

그 단적인 예가 바로 이번 일이 아니던가.

그는 성공할 것이라 장담한 일이긴 했지만, 실패 시 사장직을 걸어야 하는 리스크를 짊어지고도 이번 계획을 위해 그가 가진 것을 총동원했다.

그리고 지금 이 순간 그 모든 것을 잃을 수 있는 위치에 봉착했다.

'다른 것들은 모두 잃어도 찾으면 되지만…… 그는 세상에 하나뿐이란 말이지…….'

수십 년 평생을 살면서 가장 흥미롭게 본 존재.

그의 무채색 일상에 알록달록한 색깔을 입혀 주던 존재가 이렇게 허무하게 그의 곁을 떠나고 다신 접근하기 힘든 존재가 된다면, 신의철로선 단순히 배 아파 하고 끝날 문제가 아니었다.

"어쩐다……."

솔직히 말해 신의철은 지금으로선 거의 태일을 구출…… 하는 쪽으로 마음을 기울인 상태였다.

하지만 아직 완전히 기울인 것은 아니었다.

피사의 사탑마냥 넘어갈 듯 넘어갈 듯 안 넘어가는 중이라고나 할까?

왜 그런가 하면 단순히 대놓고 쳐들어갔다가 증거도 못 찾고 역풍을 맞을까 봐라는 등의 이유는 아니었다.

왜냐하면 신의철은 그곳에 분명 오준영을 부회장 자리에서 떨궈 낼 만큼 강력한 증거가 있음을 장담할 만큼 확신하고 있었기에, 증거와 명분이 필요하다면 쳐들어가서 다제압한 후부터 증거를 찾는 것도 어려운 것은 아니었다.

물론 증거가 선행되지 않은 것에 대해 파벌들이 의문을 표할 터지만, 증거를 가진 태일이 탈출하지 못하고 소식이 끊겼다고 전하기만 해도 그들은 충분히 들고 일어날 것이다.

만약 태일이 오준영에 의해 희생되었다고 말이 돌기만 해도 명분으로선 충분하니 말이다.

그런데 왜, 여기까지 생각을 해 놓고도 그가 결심을 못 내렸냐고 묻는다면 역시나 이유는 같았다.

"재밌는 장면이 나오는 걸 놓치면 어떡해?"

물론 상식적으로 생각할 때 이건 일고의 가치도 없는 생각이었다.

비록 큰 재밌거리가 될 수 있는 일이긴 하지만, 태일이라는 황금알을 낳는 거위를 영영 잃을 가능성이 높은 상황이라면 일단 살려 놓고 천천히 알을 받아먹다가 언젠가 다시 있을지 모를 기회를 기다리는 게 훨씬 더 이득이니 말이다.

하지만 그렇게 상식적으로만 살아왔다면 신의철은 지금의 자리에 있지 않았을 것이다.

만약 오늘의 혼란이 오준영에 의한 혼란이 아닌, 태일이 직접 의도한 계획의 일부였다면?

그리고 그게 신의철이 꿈꾸던 재미난 어떤 상황으로 연결되는 도화선이었다면?

만약 정말 그런 것이라면 신의철은 이를 방해한 자기 자신을 용서할 수 없을 것이다.

"어쩌지……."

그렇게 신의철이 끙끙대며 고민하고 있을 때, 그의 방문이 열리며 양손에 종이컵을 든 김서영이 들어왔다.

"뭘 어째요?"

"어, 왔어?"

"네, 왔습니다."

탁!

그렇게 말하며 신의철 앞에 자판기에서 뽑은 걸로 추정되는 커피를 탁! 소리 나게 놓는 김서영은 굉장히 불만이 가득한 표정이었다.

"오늘은 또 왜 그래?"

째릿!

물음이 나오기 무섭게 신의철을 매섭게 노려보던 김서영은 이내 한숨을 쉬곤 손에 들린 커피를 홀짝였다.

호륵—

"후, 왜긴 왜겠어요? 잘나신 상사님이 깽판 쳐 놓고, 출근도 안 하고, 이런 곳에 콕 박혀 계시니 중간에서 일을 처리하느라 눈코 뜰 새 없이 바빠서 그렇지."

"그런 것 치곤 눈도 코도 잘 써먹는 거 같은데?"

신의철의 웃기지도 않는 농담에 김서영은 신의철 앞에 놓았던 커피를 다시 집어 들더니 방문을 향해 걸어가기 시작했다.

"자, 잠깐! 내가 잘못했어!"

"……"

"그러니까 커피는 주고 가."

또각또각또각.

그 말을 끝으로 이젠 정말 방문 앞에선 김서영을 보면서 신의철이 마지막으로 외쳤다.

"잠깐! 그럼 이거 하나만 물어보자! 로또 맞은 남자와 꾸준히 일을 해서 돈을 버는…… 그래, 공무원 같은 남자가 있다면 누굴 선택하겠어?"

생뚱맞기 짝이 없는 신의철의 질문에 잠시 그의 얼굴을 노려보던 김서영은 눈을 데구르르 굴려 고민을 하는가 싶더니 이내 신의철을 보곤 대답했다.

"당연히 일, 을, 하, 는, 남자죠."

"그, 그래?"

다분히 개인적인 감정이 실린 듯한 김서영의 대답에 뒤로 주춤 물러선 신의철이었지만, 이내 김서영이 방문을 닫고 나가자마자 눈을 빛냈다.

"공무원…… 공무원 같은 남자란 말이지?"

그렇게 중얼거린 신의철은 품속에서 암호화된 통신망을 사용하는 전화기를 꺼내 들었다.

그리고.

"아, 난데."

―늦은 시간에…… 어쩐 일이십니까?

"아, 파벌 양쪽에 다 전파할 게 있어서 말이야."

―네? 어떤?

"안에 잠입시켰던 우리 측 요원 태일이 증거를 획득했다는 소식을 끝으로 이상한 행동을 보이곤 연락이 끊겼다, 내일 당장 쳐들어가자."

―네?

"그냥 이렇게 전해."

―그…… 알겠습니다.

전화기 너머의 목소리는 무언가 설명이 더 필요했지만, 그 역시 신의철의 성격을 잘 알고 있었기에 이내 체념한 듯 대답했다.

그리고.

삑!

"그래, 공무원이 되어 볼까나?"

씨익―

노후 보장은커녕 평생을 바쳐도 연금도 지급되지 않는
회사에서 철밥통 공무원 노릇을 꿈꾸는 남자가 이제 곧 불
통이 날 전화기를 내려놓으며 음흉하게 웃어 보였다.

5

끝

소란스럽던 하루가 가고 햇살이 쨍쨍한 아침이 되었다.

이곳에 있는 다른 사람들과 달리 상당히 여유로운 시간표를 지닌 특수전대원들은, 이 시간에 자유로운 행동이 가능하다는 것을 전해 들어 나는 안내를 부탁하기 위해 장목영을 찾아가던 중 반대쪽에서 나를 보며 뛰어오는 유지상을 볼 수 있었다.

"태일 씨!"

"아, 지상 씨. 안녕하세요."

"지금은 인사보다 빨리! 빨리요!"

"네?"

나는 나타나자마자 나를 이끌고 어디론가 뛰어가는 유지

상의 바쁜 발걸음에 영문도 모른 채 따라가기 시작했고, 이내 마찬가지로 어딘가로 바쁜 걸음을 옮기고 있는 특수 전대원들과 합류할 수 있었다.

그리고 그곳엔 내가 찾아가던 장목영도 있었다.

"아, 여기 계셨네요."

"태일 씨도 오셨네요? 하긴…… 일단 빨리 가죠."

장목영 역시 나를 보자마자 발을 바삐 놀리기 시작했고, 다들 바쁘게 걸음을 옮기는 분위기에 나는 잠시 눈치를 보다가 장목영에게 물었다.

"저기…… 저희 지금 어딜 가는 건가요?"

"어? 태일 씨 아직 소식 못 들으셨나요? 부회장님이 이제 곧 저희가 힘을 모을 수 있는 장치가 완성되니 지금부터 최대한 훈련을 열심히 하라고 지시가 내려왔거든요."

"훈련을요?"

어제 했던 그 훈련을 말하는 건가, 생각했지만 겨우 그 정도 훈련을 이렇게 죽자 사자 뛰어가서 해야 되는 건가 싶었다.

특별히 어려운 것도, 힘든 것도 아닌데 말이다.

이런 내 기색을 읽었는지 장목영이 살짝 눈치를 보며 설명을 덧붙였다.

"사실 태일 씨도 알겠지만 훈련은 별거 아닌 게 맞아요. 어제 훈련을 제대로 못하긴 했지만 아마 당장 가서 몇 번만 해 보면 어렵지 않게 할 수 있을 게 뻔하죠. 그래도 오늘은 부회장님이 직접 보러 오신다고 했으니 오늘만큼은 열심히 하는 척이라도 해야 해요."

'오준영이 직접?'

그렇다면 이들이 이렇게 바쁘게 움직이는 게 이해가 갔다.

특수전대가 오준영의 측근들이라곤 하지만, 오준영은 엄연히 상관이고, 이곳 시설의 최고권자이니만큼 그가 직접 보러 온다면 다들 바쁜 모습이 될 수밖에 없었다.

군대로 치면 대대장…… 혹은 그 외의 높으신 분의 사열 정도?

'뭐 어쩔 수 없나?'

이런 이유라면 오전에는 어쩔 수 없이 훈련에 참가하는 수밖에 없을 것 같았다.

분위기를 보아하니 오전 중에만 하는 것 같으니 차라리 나도 적극 협조해서 훈련을 마치고 오후에 안내를 받는 게 훨씬 수월할 것 같았다.

'좋아, 그렇다면…….'

"그럼 빨리 가죠. 어제 그게 그리 어려운 건 아니지만 전 처음이나 마찬가지니 부회장님이 오시기 전에 몇 번 연습해 봐야 할 테니까요."

"엥? 그, 그러죠."

갑자기 적극적인 표정이 된 내가 훈련용 방을 향해 앞장 서자 모두들 의외라는 표정을 지었지만, 상황이 상황이니 다들 고개를 끄덕이고 발걸음에 속도를 더했다.

그리고 그렇게.

오전 훈련이 시작되었다.

ᛉ　　ᛉ　　ᛉ

여섯 명의 성인 남녀가 활동하기엔 비좁기 짝이 없는 검은 방.

이곳에 틀어박힌 우리들은 각자의 자리에 주저앉아 멍하니 허공을 응시하고 있었다.

"……."

"……."

"……."

"……부회장님…… 오시는 건 맞겠죠?"

"글쎄…… 요."

현재 시각은 오후 6시.

아침부터 시작된 훈련은 정오에 가까워질수록 열기를 띄어 갔다.

아니, 열기를 띨 수밖에 없었다.

오전에 오기로 한 오준영이 낮의 경계선이 보일 때까지

오지 않는다는 것은 그만큼 오준영이 올 시간이 얼마 남지 않았다는 의미였으니 말이다.

그리고 그렇게 정오, 점심시간이 되었을 때는 이번 일의 준비가 거의 끝나 간다더니 바쁜가 보다 하며 납득하기로 하고 모두들 오준영이 금방 올 것이라 생각하며 다시 훈련에 박차를 가했다.

특수전대원 모두가 알고 있는 오준영은 약속은 꼭 지키는 편이었으니, 아침에 바빠서 못 왔다면 오후엔 반드시 올 것이기 때문이다.

이런 그들의 의견에 완전히 동의할 수는 없었지만, 나 역시 고개를 끄덕이고 훈련을 계속했다.

그리고 그로부터 6시간이 지난 지금.

우리 모두는 각자 바닥에 주저앉아 하염없이 오준영이 방문하기를 기다리는 중이었다.

"부회장님이 이럴 분이 아닌데……."

중얼중얼.

그중에서도 장목영은 오준영에 대한 믿음이 컸던 건지 약 한 시간 전부터 계속 저런 소릴 중얼거리고 있었다.

그리고 다른 사람들은……

꼬르륵.

"저희 밥 먹고 하면 안 될까요?"

"그러다 부회장님 오시면 어떡해요."

"그거야 뭐…… 부회장님이 늦게 오신 거니까……."

아침부터 이 좁고 어두컴컴한 곳에서 열심히 훈련을 한 덕에 배를 움켜쥐고 있는 중이었다.

물론 이 지경이 될 때까지 우리 역시 아무런 대응을 하지 않는 게 아니었다.

"다시 한 번 연락을…… 해 볼까요?"

"바쁘시다고 또 안 받을 거 같은데……."

다만 오준영이 연락을 받지 않았을 뿐.

하급자로서는 이런 상황이 정말이지 곤란한 상황일 수밖에 없었다.

상급자가 업무 상태를 점검하기 위해 언제까지 오기로 했지만 오지 않았을 경우.

상급자가 완전히 떠나서, 연락이 와서 더 이상 올 가능성이 없다면 그것으로 끝이다.

어차피 와 봤자 잘해야 본전이라면 안 오는 편이 좋다.

하지만 상급자가 연락도 없이 오지 않는다는 것은…… 상급자가 오길 기다리는 하급자 입장에서는 답답하고 속 터지는 일이었다.

그렇다고 연락을 받고 시원하게 대답을 해 주는 것도 아니라면 더더욱.

"배고프다……."

"누구 한 명 가서 뭐 먹을 거라도 가져올까요?"

"이런 환기도 잘 안 되는 곳에선 뭘 먹어도 냄새가 엄청 날걸요?"

"탈취제로 안 될까요?"

"제품의 광고란 건 언제나 과장되기 마련이죠. 그리고 무엇보다 저희가 뭘 먹는 사이에 들이닥칠 가능성도 있는 걸요. 이곳은 딱히 숨길 곳도 없는데."

"그런가요……."

그렇게 우리는 한숨 속에 시간을 보냈고, 저녁 8시가 될 무렵 우릴 찾아온 연구진을 통해 한 줄기 전언을 받을 수 있었다.

오늘은 너무 바빠 못 가서 미안하고, 내일은 꼭 찾아오 겠다는 전언이었다.

❖　❖　❖

오준영은 자신의 사무실 의자에 앉아 감시 카메라를 통해 저녁을 먹으러 움직이는 특수전대원들을 모니터하고 있었다.

대충 모습을 보아하니 아마도 오늘은 다른 일 없이 다들 잠자리로 가려는 듯 상당히 지친 모습이었기에 마지막으로 자리를 뜨는 태일의 모습을 확인한 오준영은 안도의 한숨 을 쉬며 의자의 등받이에 길게 몸을 뉘었다.

"후우…… 오늘한 방법이 잘 먹혀들어서 다행이군. 하지만 내일도 그런다면 의심을 살 테니…… 적당한 시간에 나타나는 게 좋겠지."

사실 오늘 특수전대원들을 훈련장에 가둬 둔 것은 태일이 이곳을 조사하지 못하게 하기 위한 오준영의 계획이었다.

그는 상급자와 하급자 간의 관계를 잘 이용할 줄 알았고, 인간관계에 있어 무리가 가지는 습성을 잘 아는 똑똑한 사람이었기에 할 수 있는 계획이었다.

즉, 오준영의 하급자로서, 특수전대의 일원으로서 존재하는 태일이 가진 약점을 잘 파고든 계책이라고 할 수 있었다.

하지만 이런 방법이 먹히는 것도 오늘 한 번.

무리를 한다면 내일까진 어떻게든 써먹을 만한 방법이지만, 그랬다간 태일에게 의문을 주어 의심을 살 수도 있으며, 나중에 태일에게 암시를 걸 때 일이 힘들게 될 수도 있었다.

'다시 암시를 걸 수 있다면 이런 고민이 필요 없을 테지만……'

하지만 이미 태일에게 있어 오준영의 암시는 두 번이나 깨진 바 있는 것이었다.

심지어 처음의 1회는 꽤 오랜 시간 버텨 주었지만, 수년

째 암시가 유지되고 있는 이들에 비하면 턱없이 짧은 시간이었고, 어제의 경우는 채 하루가 되기도 전에 풀렸다.

오늘 태일의 행동을 보건데 다행히 자신에게 암시가 걸리고, 풀렸다는 것을 인지하는 것 같지는 않았지만, 괜히 긁어 부스럼을 만들 필요는 없을뿐더러, 잘될 거라는 보장도 없었기에 오준영은 최후의 순간을 위해 참았다.

그리고 태일을 보며 더욱 열의를 불태웠다.

규격외 능력자인 오준영의 암시를 단숨에 풀어 버리는 강력한 정신력은 그가 평생 꿈꿔 왔던 바로 그런 종류의 힘이었기 때문이다.

'이제 곧…… 이제 곧이야…….'

연구원들을 닦달하고 난 결과 장치의 완성이 3일 앞으로 다가온 상태였다.

연구원들은 안정성을 장담할 수 없다며 사용에는 난색을 표했지만, 어쩌겠는가, 이렇게 시간을 끌다가는 아무것도 못해 보고 끝날 수도 있는 판국인데.

오준영으로선 이것저것 가릴 처지가 아니었다.

물론 가리지 않는다고 해서 오준영도 걱정이 되지 않는 것은 아니었다.

어떻게 보면 그 자신이 실험용 쥐가 되는 것과 마찬가지이고, 실패하면 그 결과가 어떨지 알 수 없는 만큼 당연히 걱정이 되었다.

하지만 예언의 서에 나와 있던 기술들을 기반으로 그가 연구해 개량한 이 장치에 대한 오준영의 믿음은 죽음에 대한 공포, 두려움 보다는 상대적으로 컸고.

무엇보다 그가 평생을 꿈꿔 온 완전한 인간에 대한 열망이 너무도 강력했기에, 그는 현실을 외면할 수 있었다.

'그리고 예언의 서의 내용이 맞다면 내가 실패해선 곤란하지.'

예언의 서의 내용은 어느 사건에서나 같은 형식을 취한다.

사건을 예언하고 거기에 필요한 조건이 쓰여 있으며 그 과정은 모두 생략되어 있다.

그리고 그 과정이 어떻게 되든 인류의 구원이라는 결과가 남게 된다.

그렇기 때문에 오준영이 본 예언의 서의 내용에는 침략자들의 세세한 정보 따위는 없이 그저 그들이 오는 시기와 그 조건이 되는 5대 원소의 규격외 능력자들과, 그들이 가진 힘에 대한 정보, 그리고 그들의 힘을 모을 수 있는 장치에 대한 정보만이 적혀 있었다.

즉, 현재는 인류가 구원을 받기 위한 조건 모두가 충족이 된 셈이었다.

하지만 이게 진짜로 힘을 발휘하기 위해선 마지막 순간까지 저 조건들이 충족이 되어 있어야만 했다.

그 말인 즉슨 장치가 망가지거나 5대 규격외 능력자들의 힘이 없어져서는 안 된다는 것이다.

오준영이 예언의 서를 본 순간으로부터 5대 규격외 능력자를 모으는 데만 10년이 걸렸고, 장치를 개조해서 만드는 데 약 3년이란 시간이 걸렸다.

전자야 능력자들이 각성을 하는 시간 등에 따라 어쩔 수 없는 부분이었지만 후자의 경우는 달랐다.

히어로 컴퍼니의 부회장 직함이 가진 막대한 권력과 힘, 그리고 규격외 마인드 컨트롤 능력자의 힘을 가지고도 장치를 만드는 데 3년이 걸린 것이다.

물론 제작을 하면서 몰래 만들어야만 했기에 어느 정도 제약이 있었다는 점을 감안해도 굉장히 오랜 시간이었다.

고로 만약 이 장치가 실패해서 새로 제작을 해야 하는 상황이 온다면 남은 시간만으로는 대체할 장비를 만들 수가 없으니 이 장치가 반드시 성공을 해야 한다는 말이었다.

"그래…… 실패할 리가 없어. 그 녀석만 잘 붙잡고 있는다면……."

오준영은 화면에 비치는 태일이 제방 침대에 드러눕는 장면을 보면서 눈을 빛냈다.

❖   ❖   ❖

이튿날.

특수전대원 전원은 어제와 같이 오전 내내 훈련을 했고, 어제와 마찬가지로 나타나지 않는 오준영 때문에 다들 흐트러지고, 나는 그냥 이대로 점찍어 둔 곳들에 혼자 쳐들어갈 생각을 할 무렵 오준영이 나타났다.

그는 나타난 즉시 늦어서 미안하다며 사과를 하더니 우리의 훈련을 잠시 지켜보다가 말했다.

"이거이거, 다들 정말 열심히 해 줬구만."

"하하, 과찬의 말씀이십니다."

"아냐, 이건 정말 기대 이상이야…… 이거 뭔가 해 주지 않으면 안 되겠는걸?"

그렇게 말하며 무언가 생각하는 듯하던 오준영은 이내 말을 이었다.

"솔직히 보너스라든지…… 그런 걸 주고 싶지만, 애당초 우리가 월급을 지급하는 것도 아니고, 요즘 일이 막바지라 한창 자금이 모자라서 말이지……."

그렇게 말을 하며 우리의 눈치를 살피는 듯하던 오준영은 우리가 별말 없이 그의 말을 듣고 있자 조심스레 입을 열었다.

"자네들…… 근래에 술 먹어 본 지 오래되지 않았나?"

"수, 술이요?"

"그렇습니다!"

오준영의 말에 가장 크게 반응한 건 오준영이 우리에게 해 줄 게 무엇인지 가장 먼저 깨달은 장목영과 유지상이었다.

평소 잡담을 나누고 있으면 서로 애주가임을 자처하던 그들에게 있어 술이라는 단어는 반가운 말일 수밖에 없었다.

"그래, 이번에 회식 한번 하는 게 어떤가?"

오준영의 말에 이견이 있을 리 없었다.

물론 이들과 거리를 두고 한시 바삐 일을 처리하고 싶은 나로서는 달가울 리 없는 일이지만, 그렇다고 내가 면전에서 거절을 할 수도 없을 뿐 아니라, 장목영의 도움을 받을 생각을 하면 장목영이 좋아하는 일에 토를 달기도 어려웠다.

'술자리가 길어진다 싶으면 적당히 빠져나와야겠군.'

겨우 술 정도가 내 몸에 어떤 영향을 주기는 어려웠지만, 지금으로선 이들과 계속 어울리는 것도 불편한 일인데다 지금 분위기만으로도 술자리 분위기가 어떨지 빤한지라 미리 빠질 생각이었다.

그리고 지금으로서 문제는 겨우 술 같은 게 아니었다.

'오늘도 안 되려나?'

오늘에야말로 일을 처리하려고 했건만, 회식을 하고 술

을 마신다고 하면 자칭 애주가라는 장목영이 나에게 이곳을 안내해 준다고 자리를 빠져나올 리도 없거니와 시간도 늦어서 아마 여러모로 힘들 것이다.

'그렇다고 다른 사람들에게 부탁하기도 힘들 테고……'

유지상이라면 장목영 다음으로 이곳에서 친한 인물이니 부탁을 한다면 흔쾌히 들어줄 것이지만 그게 술자리 회식이 없는 날이라는 전제하에 가능할 것이다.

그 외의 다른 인물들은……

'장보고는 별로 말을 붙이고 싶지 않고…… 왕악중 씨는…… 아무래도 불편하지.'

그리고 릴리아나는…… 그닥 고민할 가치도 없었다.

그렇게 잠시 생각해 봤지만 도움이 될 만한 인물이 없었기에, 나는 직감적으로 오늘 역시 이렇게 유야무야 넘어갈 수밖에 없음을 느꼈다.

그 일이 있기 전까진.

❦   ❦   ❦

"신태일이란 자네측 히어로가 이상 행동을 보이고 하루가 넘었네."

"그렇습니다."

신의철이 고개를 끄덕였다.

"……자네가 우리측에 도움을 요청한 지도 하루가 넘었지."

"그렇습니다."

이번에도 신의철은 순순히 고개를 끄덕였다.

"……그런데 왜 행동하지 않는가?"

자신을 바라보며 질문하는 사람을 향해 시선을 향한 신의철은 잠시 상대와 눈을 맞추고 기다리다가 입을 열었다.

"이대로 곧장 돌입하면 필패이기 때문입니다."

"……필패?"

질문하던 상대가 자존심 상한다는 듯 눈썹을 꿈틀거렸다.

신의철은 그런 상대의 모습을 확인했지만 아무렇지도 않게 대답했다.

"그렇습니다."

"장담할 수 있나? 자네가 지금 나에게 격장지계를 사용하려고 한 거라면, 실수한 거라고 해 주고 싶은데 말이야."

굉장히 기분 나쁘다는 어조로 말을 하는 상대의 모습에 다시 한 번 눈을 맞춘 신의철은 정색한 표정으로 말했다.

"오준영이 가진 힘은…… 장담컨대 지금의 저희의 무력 수준을 가볍게 뛰어넘습니다."

"그 특수전대인가 하는 인물들을 말하는 것 같은데……

그들이 아무리 규격외 능력자라고 한들 우리 전체를 막을 수 있을 거라 생각하나?"

"……."

규격외 능력자를 너무 쉽게 생각하는 상대의 말에 신의철은 조용히 고개를 흔들었다.

절레절레—

"규격외 능력자의 힘은…… 정말로 상상을 초월합니다. 일반 능력자를 기준으로 한다면 최소 A급 능력자 정도나 돼야 그들을 상대로 살아남을 수 있는 정도고, S급 능력자 수준이라면 몇 수 맞상대나 하는 정도일 겁니다."

"흐음…… 그건 너무 비약 아닌가?"

신의철은 반대편에서 불쑥 나타난 다른 상대가 하는 질문에 다시 한 번 고개를 저었다.

"전혀 아닙니다. 그들의 힘은 그만큼 강력하고 압도적입니다."

"흐음…… 천재라 불리는 자네가 하는 말이니 수용은 하겠지만…… 내가 여태 봐 온 규격외 능력자들은 그렇지 못했던 것 같은데?"

신의철은 상대가 말하는 것이 현재 세상에 공개된 규격외 능력자라는 것을 깨달았다.

그리고 그들이 가지고 있는 규격외 능력자의 기준을 바로 잡아 줄 필요성이 있다고 생각했다.

지금 우리 동네에는

"아마도 공식적으로 등록된 규격외 능력자들을 말씀하시는 것 같은데…… 그들은 스스로의 힘을 제약하고 있을 겁니다."

"힘을 제약한다?"

"왜지? 아니, 왜 그렇게 생각하는 건가?"

신의철은 그저 각자의 이념에 따라 움직이기만 바빴지 임원급으로서 가져야 할 지식 당연한 지식조차 제대로 알지 못하는 이들의 모습에 속으로 혀를 찼지만, 차분히 그들이 알아야 하는 정보를 가르쳐 줬다.

"그들이 인간이기 때문입니다."

"……선문답은 별로 안 좋아하는데 말이야."

정확한 답을 요구하는 말에 어깨를 으쓱해 보인 신의철은 말을 이었다.

"말 그대롭니다. 그들이 인간이기 때문에, 스스로 인간으로 남기 위해 자신들의 힘을 절제하고 드러내려 하지 않는 겁니다."

"……."

"……."

자신의 말에 어느 정도 집중하기 시작했다는 것을 깨달은 신의철은 만족스러운 미소를 지으며 그들이 원하는 것을 말해 주기 시작했다.

"규격외 능력자란 존재는 정말 저희의 초능력을 우습게

만들 만큼 압도적인 힘을 가지고 있습니다. 그래서 누군가는 그들을 신인류라고 부르기도 하지요…… 하지만 그들에게 치명적인 단점이 있습니다. 바로 자신들의 힘을 조종하는 정신이 힘을 뒷받침하지 못한다는 점이지요."

그렇게 말하며 양옆으로 시선을 돌려 한명씩 눈을 맞춘 신의철은 그들이 여전히 집중하고 있음에 만족하며 그가 가진 지식을 풀어 냈다.

"그렇기 때문에…… 그들은 스스로의 정체성에 대해 괴리를 겪게 됩니다. 물론 모두는 아닙니다. 하지만 대부분은 이런 과정을 거치게 되죠. 그리고 생각합니다. 자신이 과연 인간인지, 스스로가 가진 힘이 과연 인간이라 할 수 있는지, 몸뚱이는 이토록 닮았는데 가진 것이 다른 자신을 인간이라 할 수 있는지에 대해…… 고민하게 되는 거죠."

"흔히 말하는 중2병 같구만."

"바로 맞췄습니다."

상당히 거창하게 말은 하지만 사실 규격외 능력자가 겪는 것은 말 그대로 정체성의 혼란이다.

즉, 우리가 어릴 적 겪는 사춘기와도 같은 것이기에 비슷한 질문을 떠올리게 된다.

물론 규격외 능력자가 갖는 의문은 어린 소년 소녀들의 성장 과정에서의 정체성 찾기와는 차별화된, 지극히 현실적인 문제들을 담고 있고, 결과에 따라 재해가 될 수 있는 것이긴 하지만 말이다.

"하지만 그들의 답은 결국 하나일 수밖에 없습니다. 그들이 봐 온 자신은 인간이었고, 초능력을 얻기 전의 그들은 분명 인간이었으니…… 답은 인간일 수밖에 없습니다. 그렇다면 그들은 자신이 인간임을 입증하기 위해 무엇을 하게 될까요?"

"……인간의 기준에 자신을 맞추는군."

"하하, 이거 천재라는 타이틀은 제가 쓸 게 아니군요."

적당히 상대를 추어올려 준 신의철은 말을 이었다.

"그들은 스스로 인간으로 남기 위해, 자신이 다른 존재로 분열되는 것을 막기 위해, 스스로의 힘을 절제하고, 인간의 기준에 맞춥니다. 물론 그것만으로도 압도적인 힘이긴 하지만, 최소한 그렇게 우리에게 공개된 규격외 능력자들은 납득하지 못할 만큼 강하진 않죠. 여러분이 보인 규격외 능력자들은 그렇게 태어난 이들인 겁니다."

거기까지 신의철의 말을 들은 이들은 잠시 생각을 정리하는가 싶더니 이내 되물었다.

"……흠, 그렇군. 하지만 그렇다면 다시 의문이 생기는군."

"무엇이든 물어보시죠."

"그렇다면 오준영 밑에 있는 특수전대의 규격외 능력자들도 마찬가지라는 의미 아닌가? 그들도 '인간'으로 남아 있다면 말일세."

"네, 저도 처음엔 그렇게 생각했었죠."

신의철 역시 그렇게 생각하던 시절이 분명히 있었다.

하지만 태일의 경험담을 통해 릴리아나가 가진 힘은 자신을 인간의 규격에 맞춰 놓은 이들이 아니라, 진정으로 규격을 벗어난 규격외 능력자라는 단어가 어울리는 존재였다.

물론 태일의 입을 통해 전해 들은 내용이니 실제완 좀 다를 수도 있지만, 태일의 성격상 이런 것에 거짓말을 할 리 없으니 아마 더하면 더했지 약하지는 않을 것이다.

게다가 그런 수준의 이들을 모아 놓은 게 특수전대란 것은 장목영을 통해 신의철 본인 스스로가 확인했으니 생각이 바뀔 수밖에 없었다.

"하지만…… 제가 직접 확인해 본 결과, 오준영 밑에 있는 이들은 그렇지 않다는 것을 알았습니다."

"어떻게 그럴 수가 있지? 좀 전에 자네의 말과 틀리지 않은가?"

"아뇨, 아까 말씀 드렸습니다. 모두가 아닌 '대부분' 이라고요."

"……그냥도 희귀한 규격외 능력자인데…… 그중에서도 드문, '대부분' 에 속하는 인원을 다섯이나 아래에 두고 있다는 말인가?"

"꽤나 허황되게 들리겠지만 진짭니다."

마찬가지로 예의 어깨를 으쓱이는 동작을 하며 대답하는 신의철의 모습에 그에게 질문을 던지던 이들이 심각한 얼굴이 되었다.

이 바닥에서 잔뼈가 굵도록 굴러먹었기에, 연륜이 있는 만큼 신의철이 한 말이 거짓이 아님을 아는 탓이다.

만약 진정으로 그런 상황이라면…….

"그럼…… 승산이 생기려면 어떻게 해야 하지?"

신의철이 말하길 이대로 싸운다면 필패라고 했다.

그렇다면 무언가 승산을 만들 계책이 있으니 이런 말을 꺼냈을 터였다.

다시 한 번 그 둘의 시선이 집중되는 것을 느끼며 신의철이 음흉하게 웃어 보이며 말했다.

씨익—

"곧…… 신호가 올 겁니다."

회의실을 비추는 형광등 불빛에 신의철의 미소가 빛났다.

❖　❖　❖

오준영까지 참가한 회식 자리를 빠져나온 지금.

나는 내 눈앞에 보이는 인물에 대해 의문을 갖지 않을

수 없었다.

비비적.

"……내가 지금 헛것을 보고 있나?"

눈을 비벼도 보고, 크게 깜빡여 봐도 선명하게 보이는 상대를 보면서 나는 눈살을 찌푸렸다.

"네 눈은 지극히 정상이니 걱정 마라."

"하지만 네가 여기 있는 건 비정상 아닌가?"

나는 아무렇지 않게 대답하는 장원삼을 보면서 말했다.

이에 역시나 대수롭지 않다는 듯 대답이 돌아왔다.

"네가 일 처리가 너무 늦으니 내가 투입되는 게 당연하지 않나?"

"나름 열심히 하고 있다만?"

"그런 것 치곤 잘 먹고 다니는 것 같구만."

장원삼이 내 몸에서 풍기는 술 냄새와 고기 냄새에 코를 킁킁거리며 비꼬았지만, 나는 되돌려 준다는 심정으로 태연하게 말했다.

"일의 연장이지. 남자의 회식은 일의 연장이라는 거 몰라?"

"……말은 잘하는군."

"그나저나 여긴 왜 온 거야?"

마음에 안 든다는 듯 인상을 찌푸린 장원삼을 보며 물었다.

"이미 말하지 않았나? 네가 너무 늦어서 그렇다고."

"그렇다면 사장님이 보냈군…… 기왕 맡겼으면 조금만 더 기다릴 것이지……."

"이미 두 달이 넘게 기다렸다고."

"나는 이제 일이 마무리되 가는 중이었어."

"그렇다면 이번 기회에 나랑 같이 탈출하면 되겠군."

"하루이틀은 더 걸릴 텐데……."

내가 말을 흐리며 대답하자 장원삼이 어깨를 으쓱였다.

"그렇담 어쩔 수 없지."

"아니, 그보다 진짜로 묻고 싶은 게 있다고. 정말 왜 온 거냐?"

"말했잖아 네가 일 진행하는 게 너무 늦어서 그렇다고. 뭐, 결정적인 건 얼마 전에 등록금 납부 때문이지만."

"등록금?"

나는 그저께 내고 온 등록금에 생각이 미쳤다.

"……아!"

"……뭐냐? 그 이제야 알았다는 듯한 감탄사는."

장원삼은 비꼬듯 말했지만 나는 진심이었다.

어째서인지는 모르겠지만 나는 내가 등록금을 납부했다는 사실을 너무 당연하단 듯이 생각하고 있어서 지금까지 그에 대해 아무런 생각조차 하고 있지 않았기 때문이다.

'그러고 보니 나는 왜 등록금을 낸 거지?'

나는 이제 장원삼이 왜 여기까지 왔는지에 대해선 신경 쓰지 않기로 했다.

이미 등록금이란 단어가 나온 순간 신의철이 나를 의심하여 장원삼을 직접 보냈다는 것을 알 수 있었기 때문이다.

대신 내 신경을 자극하는 것은 바로 등록금 그 자체였다.

'나는 왜 그걸 내러 간 거지?'

지금 와서 생각해 보니 이해가 되지 않는 행동이다.

일이 잘 풀려서, 앞으로도 잘 풀릴 것이 뻔하니까……

개강이 코앞이라 등록금을 낸다?

사람의 앞일은 한 치 앞도 모르는 법이다. 민간인에서 히어로가 된 사람들은 누구나 다 아는 상식 중의 상식.

죽었단 살아났더니 하룻밤 사이에 히어로가 된 몸인 나는 그런 사실을 누구보다 잘 알고 있었다.

그런 내가 지금 같은 상황에서 아무렇지 않게 밖으로 나가 학교 등록금을 내고 왔다는 것은…….

"……내가 이상하긴 했군."

"알면 됐다."

그렇다면 여기서 의문이 생길 수밖에 없다.

나는 지금 내 행동에 질문을 할 만큼 나 스스로를 납득할 수 없었다.

그럼에도 불구하고 그 행동은 현실로 이루어졌고, 결과가 생겼다.

이런 일을 이미 한 차례 겪어 본 바 있는 나는 그 이유를 알 수 있었으며, 이 행동의 원동력이 된 사람이 누군인지도 짐작할 수 있었다.

'오준영이군.'

답을 알아내긴 했지만, 내가 오준영에게 당한 시점은 언제란 말인가?

하지만 이 역시 곧장 답이 나왔다.

'그때로군……'

내가 지금껏 나의 이상에 대해서 아무렇지 않게 생각하고 있었다는 점과, 지금에 와서 의문을 느낀다는 점을 생각해 봤을 때, 이건 이미 한 번 겪어 본 바 있는 암시에 걸렸을 때의 현상임을 알 수 있었다.

하지만 나는 이곳에서 지내는 동안 단 한 번도 나에게 암시를 걸었을 만한 기계적 장치를 본 적이 없었고, 두 달간의 기억에 관해서는 그 어떤 괴리감도 없었기에 기억이 조작된 것도 아니었다.

게다가 그동안의 기억에 관해서는 나의 행동에 흠잡을 부분이 없었다.

그렇다면 나에게 이상이 있던 날은 어땠을까?

오준영을 만나자마자 이상한 행동을 했었다.

내가 이곳에서 두 달간 지내며 오준영을 맞대면한 것은 등록금을 내던 날을 기준으로 단 두 번.

"오준영…… 설마 마인드 컨트롤이 능력이었던 건가?"

그간 아무도 알지 못했고, 그 어떤 곳에도 기록으로 남겨져 있던 오준영의 초능력에 대한 의문이 풀리는 순간이었다.

그렇게 놓고 보니 이곳의 비정상적인 상황이 이해가 갔다.

사실상 특별한 이득도 없이 예언의 서라는 정체불명의 책에 이끌려 오준영을 돕는 이곳의 사람들과 그들의 맹목적인 믿음. 그리고 나에게 걸린 암시는 모두 오준영 혼자서 만든 작품이었던 것이다.

"부회장이 초능력자였단 말이지?"

내 중얼거림을 들은 장원삼도 꽤나 놀란 눈치였다.

물론 그는 나에게 조금 더 세세한 사정과 근거를 듣고 싶은 듯했지만 내 말이 거짓이라고 생각하지는 않는 듯했다.

그저 믿을 뿐.

"사정은 나중에 설명해 주지."

"뭐, 나도 그 정도 알았으면 됐어."

"아, 그래도 조심해. 아무래도 오준영도 규격외 능력자 같으니까."

신의철에게 들었던 대로라면 나의 정신력은 보통의 히어로들조차 초월한 상태.

나의 머릿속을 조사했을 때 내게 암시가 걸린 게 신기할 정도라고 말할 정도였다.

그런데도 불구하고 나에게 그렇게 쉽게 암시를 걸었다는 것은 보통 수준의 히어로는 아니라는 의미였고, 이토록 많은 이들에게 괴리감 없이 정신 지배를 할 수 있다는 것은 그의 정신 에너지나 정신력도 만만한 수준은 아니란 의미.

이 역시 답은 하나밖에 없었다.

"마인드 컨트롤 능력을 가진 규격외 능력자라…… 꽤나 까다롭구만."

장원삼 본인도 비록 B급이긴 하지만 마인드 컨트롤 능력을 지니고 있기 때문에 오준영이 가진 능력이 얼마나 성가시고 위험한 것인지 잘 알고 있었다.

"그래, 상당히 까다로워. 내가 암시에 걸렸던 과정을 떠올리면…… 준비 시간이 좀 있는 것 같긴 하지만, 정말 쥐도 새도 모르게 거는 것 같으니까."

그렇게 장원삼에게 경고한 나는 다시 한 번 장원삼에게 물었다.

"그래서…… 이젠 어떻게 할 거냐?"

"뭘?"

"내 상태를 확인하러 온 거 아니었어? 나갈 방법은 가지고 온 거겠지?"

사실 이곳의 보안은 아무나 드나들 만큼 허술한 게 아니었다.

아니, 정확히는 드나드는 것이 힘든 수준이고, 나가는 것은 불가능한 수준이라고 할 수 있었다.

만약 쉽게 침입하고 도망가는 게 가능한 곳이었다면 이미 옛날에 신의철이든 누구든 이곳에 잠입해 필요한 정보를 빼 갔을 것이다.

그런데 이렇게 장원삼이 들어왔다는 것은 분명 빠져나갈 방법이 있어서 들어왔다는 의미일 것이다.

"너야 조심스럽게 들어왔을 테지만 이미 감시카메라에 잔뜩 찍혔을 거야. 알고 있지?"

"당연하지. 그리고 한 가지 정정해 주자면 그냥 당당히 들어왔다."

"……뭐?"

"어차피 내 능력으론 여기 보안 시스템을 뚫고 아무 일 없이 잠입하는 건 불가능하거든. 그에 비해 그냥 정문으로 당당히 입장하는 건 아무런 제한이 없길래, 그쪽으로 들어왔지."

"……."

일순 할 말을 잃었지만 딴엔 맞는 말이었기에 속으론 무언가 잘못되었음을 인지하면서도 결국 다른 말을 할 수밖에 없었다.

"그래…… 어쨌든 나갈 방법은 가지고 온 거겠지?"

"그래."

"그럼 빨리 탈출해. 시간이 걸리는 거라면 내가 시간을 벌어 주지."

"아냐, 그럴 필요 없어. 같이 나가면 돼."

"……?"

내가 장원삼의 말에 고개를 갸웃거리는 사이 우리가 서 있던 복도에 오준영의 목소리가 울려 퍼졌다.

―이런, 태일 군. 자네 거기서 뭐하는 건가?

"벌써 돌아왔나?"

내가 회식자리에서 벗어난 지 얼마 안 됐고, 그때까지만 해도 자리에 있었던 걸 생각하면 장원삼이 들어왔다는 소식에 부리나케 달려온 게 분명했다.

―그쪽은 장원삼…… 이지? 신의철 사장 밑에 있는 걸로 아는데…….

"그래, 일이 거의 마무리된 거라면 자료가 어디 있는지 정도는 파악했겠지?"

"응? 어, 응…… 후보지는 다 뽑아 놨으니 조금만 찾으면 될 거야."

나는 방송으로 울려 퍼지는 오준영의 목소리를 완전히 무시한 채 자기 할 말을 하는 장원삼의 모습에 조금 당황

했지만, 이내 정신을 차리고 대답해 줬다.

"그럼 빨리 가자. 내가 여기 들어올 때 확인해 보니 내가 아는 것에 비해 경비 인력이 터무니없이 적더군. 아마 그들을 모으기 위해 시간을 버는 걸 거야."

"아, 그러고 보니 그 이상한 장치를 마무리한다고 최소 인력을 빼고 전부 거기에 투입했다고 했었지."

그 얘기를 들었을 때는 뭐가 그리 급해서 그런 짓을 하는가, 했었는데 나의 정체를 모두 알고 있었고 암시까지 걸었다면 상황을 납득할 수 있었다.

"빨리 증거가 있는 곳으로 안내해."

"……그나저나 진짜 탈출할 방법은 있는 거지?"

"증거를 찾으면 설명해 줄 테니까 빨리 가자고."

나는 끝까지 방법에 대해선 설명하지 않는 장원삼의 모습에 반신반의 하면서도 신의철이 장원삼 정도 되는 인물을 겨우 내 상태나 알아볼 요량으로, 그것도 여태껏 계획을 모두 엎어 버리면서까지 이렇게 무식하게 소모품으로 썼을 리 없다는 것을 알고 있었기에 일단 내가 점찍어 둔 곳들로 달려갔다.

다다다닷.

"부회장님 B—3구역입니다."

—보고 있다! 빨리 잡아!

처음 몇 곳은 사람이 많이 빠져 있던 탓에 일체의 저항

없이 안을 확인할 수 있었지만, 감시 카메라를 피할 수는 없었던 만큼 이를 통해 곧장 우릴 찾아오는 이들의 방문을 막을 수는 없었다.

"너, 증거가 어디 있는지는 정확히 알고 있는 거냐?"

"기다려 봐, 얼마 안 남았으니까."

"그래, 그런 그렇다 치고…… 앞에 저것들 좀 어떻게 하는 게 어때?"

장원삼은 어느새 통로를 가득 메우고 서 있는 이들을 턱짓으로 가리키면서 나에게 말했다.

"흠…… 어쩐다."

나는 내 앞을 가득 메운 이들의 면면이 낯익다는 것을 알아채고 잠시 고민에 빠졌다.

단순히 이들에 대한 정 때문에 그런 것은 아니었다.

다만 여기 있는 이들 대부분이 오준영의 마인드 컨트롤에 의해 자신이 왜 여기 있는지 조차 모른 채 맹목적으로 오준영이 시키는 일을 해 왔다는 점 때문이었다.

어찌 보면 이들도 피해자가 아닌가?

하지만.

툭.

"뭐해?"

내 어깨를 툭 치며 묻는 장원삼이 있었기에 나는 금방 정신을 차릴 수 있었다.

'그래, 어쩔 수 없지.'

눈앞에 있는 이들의 사연은 불쌍하지만, 그들은 분명한 적이다.

지금 이 순간도 그저 오준영의 말에 따라 싸울 태세를 갖추는 이들. 이들은 적.

저들을 상대하지 않으면 우리가 고립돼 죽을 판이었다.

"좋아…… 그렇다면!"

나는 양손에 에너지를 잔뜩 모아 그곳에 속성을 부여했다.

화르르륵—

간만에 발휘된 불꽃이 세상에 나온 것에 기쁨의 기지개를 켜듯 거칠게 타오르며 양손에서 팔뚝으로, 팔뚝에서 어깨로 전염되어 갔다.

그리고 그 색 또한.

'적염…… 황염, 백염, 청염…….'

순식간에 청색을 띠게 된 불꽃은 주변을 집어삼킬 듯 넘실거리며, 가공할 열기를 뿜어냈지만, 모두 알다시피 내 불꽃의 변화가 끝나기까지 한참 남아 있었다.

그리고 말 그대로 모두가 알고 있는 만큼 보는 이들 모두가 다급해졌다.

—막아! 어서!

"우, 우와아아!"

비명처럼 터져 나온 오준영의 목소리에 무작정 달려들기 시작하는 이들을 보면서 나는 눈을 반개하며 양팔에 에너지를 보탰다.

"흑염…… 신백염!"

이젠 언제 어디서든 쉽게 발휘할 수 있게 된 신백염이었지만, 나는 최대한 천천히, 내 불꽃이 생겨나는 장면을 이들에게 보여 줬다.

이는 이들에게 내가 지닌 불꽃의 위력이 청염 이상임을 확실하게 인지시켜 주기 위함이기도 했고, 위압감을 주어 한 명이라도 이곳에서 발길을 돌리길 바랐기 때문이다.

하지만.

'역시 나 같이 자동으로 조작이 풀리는 경우는 없는 건가?'

확실히 내가 드문 경우란 걸 입증이라도 하듯 내 반개했던 눈을 크게 떴을 땐 코앞에 다가온 공기의 칼날과 그 뒤를 따르는 수많은 공격형 초능력이 있을 뿐, 뒷걸음질 치는 사람은 아무도 보이지 않았다.

'어쩔 수 없지.'

"비활성화."

팍삭!

퍽!

팟!

츠즈즛…….

"어?"

내가 한마디 말을 중얼거림과 동시에 나를 향해 날아오던 모든 초능력들이 순식간에 사라져 버렸고, 초능력으로 몸을 강화해서 나에게 달려들던 이들이 비실비실 고꾸라졌다.

그리고 이는 나도 마찬가지라 내 어깨 위로 솟구쳐 올랐던 신백염 역시 사라져 있었다.

"자, 가자."

"……어떻게 한 거냐?"

"뭐…… 그냥 한 거야. 원리는 묻지 마, 나도 설명하기 어려우니까."

지금 한 것은 두 달 전 이곳에 들어오기 전에 미오를 저녁에 데리고 나가기 위해 미오에게 걸어 줬던 초능력 비활성화 기술을 응용한 것으로, 실전에서 사용하는 것은 처음이었기에 시간이 조금 걸리긴 했지만, 다들 내가 일으키는 불꽃놀이에 정신이 팔려 있는 덕분에 수월하게 성공할 수 있었다.

"그래……."

떨떠름하게 대답하는 장원삼을 뒤로한 채 나는 한결 무거워진 발걸음으로 목적지를 향해 앞으로 달려 나갔다.

그러자 이런 정신없는 와중에도 자리에서 일어나 공격 태세를 갖추는 이들이 몇몇 보이기 시작했다.

'쳇, 이걸로도 정신 지배는 풀리지 않는 건가?'

주변의 정신 에너지를 전부 비활성화하는 이 무지막지한 기술은 그 순간 발동할 수 있는 모든 초능력을 억제하는 듯했지만, 이미 몸에 새겨진 내용에 대해서는 효과를 발휘하지 못하는 듯했다.

"이제 어쩔 거냐?"

"어쩌긴 뭘 어째?"

나는 앞으로 달려가는 다리에 힘을 더하며 얼굴을 향해 날아드는 주먹을 고개를 살짝 틀어 피한 뒤 주먹을 뻗은 상대의 옆구리와 겨드랑이를 주먹으로 강타했다.

퍼벅!

풀썩!

"……이렇게 하는 거지."

앞서 말했다시피 내가 발동한 정신 에너지 비활성화는 초능력이 발동하는 것을 막을 뿐, 초능력에 의해 성장했지만, 사용하는 데 초능력이 필요하지 않은 부분에 대해서는 영향을 끼치지 않았다.

그리고 이 초능력을 사용하지 않는 부분에 있어선 내 몸뚱아리를 빼놓을 수 없었다.

퍽! 퍼버벅!

땡그랑!

아마도 장치 설치 작업을 하다 곧장 달려온 것인지 손에 들고 있던 공구를 휘두르던 사람을 단숨에 때려눕힌 나를 위해 장원삼의 응원이 들려왔다.

"……사기네."

"뭐, 그런 편이지."

사기라고 해도 할 말이 없었다.

A급 육체파 능력자를 뛰어넘는 몸뚱아리를 상대로 초능력을 못 쓰는 초능력자들이 무슨 싸움을 하겠는가?

심지어 육체파 초능력자들도 정신 에너지를 이용해 추가로 자신들의 몸을 강화해서 싸우는 판국인데 말이다.

그렇게 몇 번 비활성화를 사용하며 달려 나가던 우리는 한 통로 앞에서 멈춰 설 수밖에 없었다.

"흐음, 이 아저씨가 여기 소속이었어?"

나는 낯익은 얼굴을 보며 상대가 취하고 있는 자세를 차분히 노려봤다.

마치 학다리를 연상시키듯 한쪽 다리로 몸을 지탱하고 다른 다리를 들어 올려 몸에서 직각이 되도록 다리를 세운 상태로 양팔은 양옆으로 길게 뻗되, 하나는 나를 향해 주먹을 쥐고 다른 하나는 몸을 틀어 뒤쪽 하늘을 찌르듯 길게 뻗어 있다.

마치 나를 노리고 있는 송곳을 보는 듯한, 그런 자세.

지금,
우리
동네에는

이미 한 번 상대해 본 적 있는, 한 방을 치고 들어오는 자세였다.

그를 상대로 이미 한 번 이기긴 했지만.

'지금은 상황이 다르지.'

그땐 그냥 내 회복력을 믿고 무작정 들이댄 것인데다, 그때는 한참을 맞아도 한 번을 제대로 때릴 생각으로 시간을 끌며 싸웠던 것에 비해, 지금은 회복을 위한 정신 에너지도, 시간도 없는 상태였다.

지금 나에겐 그때는 있던 게 없는 상황.

"하지만…… 없어지기만 한 것은 아니지."

"…ᕙ…뭔 소리냐?"

달려가다 말고 앞에선 기묘한 자세의 남자를 보며 멈춰선 내가 혼자 중얼거리자 장원삼이 이상한 놈 본다는 듯 물었지만 가볍게 무시해 줬다.

"지금 나에겐 지켜야 할 것이 없지만…… 저쪽은 생겼단 말이지."

씨익—

부르르르.

나는 그렇게 말하며 여전히 같은 자세로 서 있는 남자를 보며 길게 웃어 주었다.

남자는 무언가 불안감을 느낀 것인지 그 자세로 용케도 안 넘어지고 몸을 떨었다.

끝 269

"활성화."

"……?"

"……?"

내 한마디에 몸에 깃드는 정신 에너지와 활력을 느끼며 대치 상태에 있던 남자는 물론 장원삼도 눈을 동그랗게 뜨며 날 쳐다봤다.

그리고.

씨익—

나는 다시 한 번 웃어 주었다.

화르르르륵!

내 양손에서 뿜어져 나간 신백염이 남자의 시야를 가리며 접근을 차단했다.

"아까는 사람이 많아서 이렇게 못했었지."

"야, 이러면 우리가 못 지나가잖아."

신백염의 화끈한 열기에 눈살을 찌푸리는 장원삼을 보며 나는 가볍게 손가락을 까딱여 주고 장원삼을 벽으로부터 멀어지게 했다.

"너…… 설마?"

"길은 만들면 되는 거야."

콰과과과과꽝!

새하얀 불꽃을 머금고 빛살처럼 휘둘러진 주먹에 기지가 진동을 하고 벽이 출렁출렁 요동을 쳤다.

그 와중에 이곳에 전기를 공급하던 선이라도 차단된 것인지 일순 내가 뿜어낸 신백염의 빛이 형광등을 대신하여 주변을 밝혔고, 이를 통해 주변을 살피게 된 장원삼은 눈앞에 나타난 광경에 입을 떡 벌렸다.

"뭐해? 빨리 가자."

"어? 으, 응."

벽 한가운데를 뚫고 생겨난 새로운 통로는 옆 통로의 반대쪽 벽을 보이고 있었다. 나는 단숨에 그곳으로 달려갔다.

그리고.

콰과과과과과광!

거침없이 주먹을 내뻗었다.

"……이거 신호를 보낼 필요도 없겠구만."

"뭐? 잘 안 들렸다."

"아니다. 나중에 말해 줄게."

나는 고개를 젓는 장원삼의 모습에 미간을 좁혔지만, 이내 눈앞에 새로 나타난 벽에 집중했다.

콰과과과광!

쫘르르르릉!

콰광! 쾅! 쾅! 쾅!

…….

그렇게 몇 개의 벽이 부쉈을까?

우리는 목적지에 도착할 수 있었다.

다만 문제가 있다면······.

"······여길 벽으로 부수고 들어오면 어떡하냐?"

"뭐······ 증거 자료가 불타 없어지지 않았길 바라야지."

나는 자료실로 추정되는 이곳에서 한 치 앞이 안 보일 만큼 허공을 가득 메우는 종이 뭉치들을 보며 그렇게 말했다.

장원삼은 한숨을 쉬며 주변에 떨어진 종이들을 주섬주섬 주워 모았다.

"야, 같이 좀 주워 봐."

"그 많은 걸 어느 세월에? 종이로 된 것 말고 뭔가 USB같은 걸 찾아봐."

대충 보기엔 종이로 된 기록물밖엔 보이지 않았지만, 오준영 같은 사람이 중요한 연구 기록 같은 걸 그저 종이 문서로만 보관할 리가 없었다.

아마 만일을 대비해 종이로도, 컴퓨터 파일로도, 그리고 그 파일의 복사본도 만들어 두었을 게 빤했다.

그리고 그 예상은 한 치도 틀리지 않았다.

"찾았다."

"뭐? 벌써?"

나는 이곳 책상 서랍에서 찾아낸 반지함 크기의 상자를 손에 들고 말하자, 장원삼이 다가와 상자를 열어 보며 그

안에 가득 들어 있는 손톱만 한 메모리 카드들을 확인했다.

"그런데 이게 증거인지 어떻게 알아? 내용을 확인하려면 아무래도 종이로 된 걸 찾는 게⋯⋯."

나는 다시 종이를 뒤적거리려는 장원삼을 향해 따로 손에 들고 있던 메모리 카드를 보여줬다.

一火, 규격외, 신태일, 기록, 2009~

간단한 단어 몇 개가 깨알 같이 적혀 있을 뿐이지만, 그것만으로도 충분했다.

"⋯⋯비밀스런 자료치곤 꽤나 직관적으로 적어 놨군."

"이렇게 조그만 곽에 이렇게 많은 메모리 카드를 잔뜩 넣어 놨다면 어쩔 수 없었겠지."

게다가 보관 상태를 보건데 아마도 원본은 아니고 여러 번 복사를 거친 복사본인 듯했다.

그렇지 않고서야 이런 곳에 이렇게 방치되어 있을 리 없고, 이렇게 알기 쉽게 적혀 있을 리가 없으니 말이다.

'오준영이 왜 자료를 폐기하지 않았는지 알 만하군.'

사실 나는 이곳에 들어오기 전까지는 혹시 오준영이 증거가 될 법한 자료를 모두 폐기하지는 않았을까 생각했다.

지금 같은 상황이라면 당연히 그렇게 하는 것이 이치에

맞고 효율적이니 말이다.

하지만 지금 와서 본, 그야말로 산더미 같은 자료들과 수많은 메모리 카드를 보니 이 많은 자료를 나에게 보이지 않고 폐기할 방법이 없을까 끙끙댔을 오준영의 모습이 보이는 듯했다.

"자, 그럼 이제 여길 어떻게 탈출할 거지?"

준비한 기간에 비해 방법도 결과도 단순하게 끝나긴 했지만, 문제는 지금부터였다.

말했다시피 이곳은 들어오는 일은 쉬워도 나가는 것은 불가능에 가까운 오준영의 비밀 기지.

이미 우리의 만행에 열이 받을 대로 받았을 오준영을 상대로 정면 돌파로 도망치는 것은…… 나 혼자라면 몰라도 장원삼을 데리고는 무리였다.

게다가 다른 특수전대원들이 들이닥친다면 나도 목숨을 장담할 수 없었다.

"아…… 그게. 원래 신호를 보내 주기로 했는데…… 아마 신호를 오해해서 지금쯤이면 도착했을 거 같은데……."

"……뭔 소리를 하는 거냐?"

뭔지 모를 말을 중얼거리는 장원삼의 모습에 다시 한 번 미간을 좁히던 나는 그 순간 들려온 폭음에 눈을 동그랗게 떴다.

콰과광!

꽈쾅!

"아, 왔나 보다."

"……뭐가?"

"구조대."

태연하게 대꾸하는 장원삼의 말로 원래 계획은 이러했다
한다.

먼저 장원삼은 나를 찾아 상태를 확인하고 증거를 확보
한다.

그리고 내가 장원삼의 말을 이해할 수 있고, 능력을 발
휘할 수 있는 상태일 경우 이곳 내에서 불꽃으로 깽판을
쳐서 외부에 대기하고 있는 인원들에게 신호를 보내고, 신
호가 떨어지면 이곳을 총공격해 우리를 구출한다는 시나리
오였단다.

"……근데 내가 정상이 아니었으면 어떻게 하려고? 자
료도 못 찾고 신호도 못 보냈을 거 아냐?"

"그래서 내가 들어가도 일정 시간이 지난 이후에도 아무
런 신호가 없으면 그냥 쳐들어오기로 했다. 증거는 그 다
음에 찾아도 좋고…… 만약 니가 죽어 있기라도 한다면 증
거를 찾을 필요도 없는 노릇이니까."

"……"

본인 목숨이 달렸던 일임에도 꽤나 아무렇지 않게 말하
는 장원삼을 잠시 쳐다보는 사이 나는 우리가 뚫고 들어온

문이 아닌 원래 있는 문밖에서 느껴지는 많은 인기척에 자세를 낮췄다.

그러길 잠시.

삐이익!

찰칵! 철컥! 철커덩!

…….

예비 전력을 연결한 것인지 내가 벽을 뚫고 들어오면서 어두워졌던 자료실 안이 환해짐과 동시에 문밖에서 비밀번호 등이 입력되며 잠금 장치가 풀리는 소리가 들렸다.

'비밀번호를 모두 푼 걸 보니…… 내부인이려나?'

사실 누가 됐든 나로선 필요하면 또 벽을 뚫고 도망치면 될 일이었기에 별다른 걱정은 하지 않았지만, 이곳에 들어오기 전과 달라진 상황에 조금 의문을 갖고 있는 상태였다.

'좀 전까진 전기가 안 들어와서 방송이 안 나오는 것이라 생각했는데…… 전기가 들어온 지금도 오준영의 목소리가 들리지 않는단 말이지.'

지금이라면 우리를 그야말로 뭐 빠지게 찾고 있을 오준영이기에 지금쯤 당연히 방송으로 여기 있는 이들을 지휘하며 한창 우릴 추격하고 있어야 했다.

하지만 어째선지 오준영의 목소리는 전혀 들리지 않

았다.

'혹시 이곳에 설치된 스피커가 문제인가 했지만…… 기지 전체에 방송으로 나오는 소린 없는 것 같네.'

나는 뚫고 온 수많은 통로에 설치된 수많은 스피커 중 그 어느 것에서도 소리가 나지 않는 것을 확인하고 인상을 찌푸렸다.

'여기를 주시하고 있어야 하는 게 당연한 오준영의 눈이 여기를 벗어났다는 건가……?'

혹시 오준영이 직접 이곳에 오고 있는 것은 아닐까 생각했지만, 전투 병력이 아닌 그가 이곳에 올 이유도 없고, 그에겐 특수전대가 있는 만큼 싸움터에 그가 직접 올 필요성이 없었다.

'대체 어디 간 거지?'

치이익!

"여기다!"

"장원삼 씨, 신태일 씨 맞으십니까?"

내가 생각에 빠진 사이 한참 동안 잠금쇠 풀리는 소리가 나던 문을 통해 모습을 드러낸 것은 의외로 구조팀의 인물들이었다.

그리고 그들 중엔 정말로 의외인 인물도 한 명 있었다.

"오! 오랜만이네, 태일 군."

"……사장님?"

"그래, 잘 지냈나?"

꽤나 오랜만에, 그것도 적진에서 만난 것 치곤 아무렇지도 않은 표정으로 인사를 주고받는 우리의 모습에 같이 따라 들어온 구조팀의 인원들은 벙찐 모습이었지만, 나와 신의철은 그들에게 일말의 관심도 주지 않았다.

"그래, 여기 널브러진 것들을 다 주워 가면 되나? 혹시나 했지만 자네가 두 달이나 여기서 꿍꿍거린 이유가 다른 게 아니었군."

"뭐…… 혹시 이게 가짜일 수도 있으니 다 주워 가는 게 좋겠죠."

"호? 꽤나 좋은 걸 갖고 있군?"

내가 메모리카드가 가득 든 상자를 신의철에게 주자 신의철은 꽤나 흥미롭다는 표정을 지으면서 본인 품속에 갈무리했다.

"그래, 이제 다 끝난 건가?"

"나머지 특수전대원은 다 제압한 건가요?"

과연 이들 팀이 특수전대원들을 모두 제압할 만한 힘이 있느냐는 물음을 돌려 말한 것이었지만 신의철은 이에 대해 거침없이 대답했다.

"당연히 제압 못했지. 구출팀도 한가락하는 사람들만 모은 거긴 하지만, 규격외 능력자 다섯을 제압한다는 게 쉬울 리가 없잖아?"

신의철의 말에 뒤에 서 있던 사람들의 표정이 썩어 들어가는 것이 보였지만, 신의철이 물꼬를 트니 나로서도 순화되지 않은 말이 튀어나왔다.

"그건 그렇죠."

내가 동조하며 고개를 주억거리자 한층 침울한 표정이 된 그들에게 장원삼이 다가 조심스럽게 어깨를 두드려 줬다.

"근데 그럼 어떻게 그들을 막겠다는 거죠?"

"그야 증거를 들이밀어야지."

"……증거?"

당연하다는 듯 고개까지 끄덕이며 말하는 신의철의 대답에 내가 반문하자 신의철이 설명했다.

"그래, 증거. 어차피 여기 있는 사람들 전부 오준영한테 속아서 이러고 있는 거 아니야? 뭐 어떤 계약에 묶여 있든지, 그런 그들을 계몽해 줄 증거가 지금 우리 손에 들어왔잖아? 물론 보여 주려면 분류가 조금 필요해 보이지만……."

그렇게 말하며 바닥에 널브러진 종이들을 발로 툭툭 찬 신의철은 다시 말을 이었다.

"오준영이 불법적인 일을 했고, 그중에서도 사람을 실험 도구로 사용했다는 등의 반인륜적 행위만 드러나 지금 회사에서 직접 나섰다고 한다면, 그들도 히어로인 이상 함부로 손을 쓸 수는 없겠지."

"……하지만 증거는 여기 우리 손에 있잖아요?"

"하지만 당장에 보여 줄 필요는 없잖아? 일단 있다고 하고 나중에 보여 줘도 괜찮아."

"……."

뭔가 일의 선후가 잘못되었다는 생각이 들었지만, 그렇다고 해서 문제가 사라진 것은 아니었다.

"하지만 다른 문제가 있습니다만."

"응?"

"여기 있는 전원은 신의철에게 속았다든가…… 계약에 묶인 게 아니라 그냥 신의철의 초능력에 당한 이들이라 증거가 있든 말든 오준영을 추종하는 사람들이란 점이죠."

"……그래?"

"네."

"……."

나는 릴리아나는 직접 내가 인체 실험 당하는 모습까지 지켜봤던 전적이 있다고 말하고 싶었지만, 그전에 이미 꽤나 심각한 표정이 된 신의철을 보면서 입을 다물었다.

그리고 잠시 고민을 하던 신의철은 한숨과 함께 말을 토해 냈다.

"어휴, 큰일이네…… 나 이거 하나 믿고 쳐들어온 건데."

"네?"

"구조팀, 지금 지하로 내려간 사람들한테 연락해서 일단 다 빠져나오라고 하세요."

신의철의 폭탄 선언에 당황한 기색이 역력한 그들이었지만, 동료들의 생사가 걸린 문제인 탓인지 그들의 행동은 신속했다.

하지만 그들이 꺼낸 무전기 너머로 들리는 목소리는 더욱 신속했다.

—치익, 아아. 구조팀 A 들리는가?

삑!

"여기는 A팀 잘 들린다."

—치익, 여기에 오준영 부회장을 비롯한 특수전대원들로 추정되는 이들이 모두 다 있는데…… 문제가 좀 있어서 아무래도 사장님이 내려오셔야 할 것 같다.

삑!

"……알겠다."

그 사이 그들의 무전 내용을 들으면서 떠오른 기억에 나는 손을 마주쳤고, 신의철이 그런 나를 돌아보았다.

"왜 그래?"

"아, 그게…… 깜빡 잊고 있었는데 아까 전까지 우리를 모니터하면서 추격하던 신의철이 갑자기 사라졌다고 말할 생각이었는데 잊고 있었네요."

"그래? 위치는 지하라고 하네."

"흠, 그렇담 뭔가 이상한데."

"그렇지?"

마치 이미 이것에 대해 많은 대화를 주고받은 것마냥 고민에 빠져드는 나와 신의철을 보며 나머지 사람들이 눈을 끔뻑였지만, 이미 우리는 오준영의 이해할 수 없는 행동으로 인해 고민에 빠져 있었다.

'오준영이 옥쇄를 하려는 것인가? 하지만 전혀 그런 타입의 인물은 아닌데…….'

비록 기반은 모두 잃게 되었지만, 그의 곁에는 맹목적으로 그를 따르는 많은 사람과 강력한 무력이 있었다.

그것도 본인을 포함하여 자그마치 규격외 능력자가 여섯이나 되는 강력한 집단이었다.

만약 이대로 무력 탈출을 시도한다고 해도 막기가 거의 불가능했고, 그들이 무언가 다른 사업을 벌인다 해도 그걸 막아설 힘이 우리측엔 부족했기에 오준영으로선 당장에 모든 걸 포기할 필요가 없었다.

그렇다면…….

"그 '문제'라는 것이 문제로군요."

"그래, 그런 거 같다."

그렇게 남들이 보기엔 선문답 같은 대화를 주고받은 우린 곧장 지하로 내려갔고, 그곳에서 기괴한 광경을 볼 수 있었다.

"아, 사장님. 오셨습니까?"

"그래, 저게…… 문제로군. 한눈에 봐도 알겠어."

"그렇습니다."

구출팀 B의 리더로 보이는 인물에게 인사를 받은 신의
철은 그의 눈앞에 펼쳐진 광경을 흥미로운 눈으로 바라봤
다.

도저히 정체를 짐작하기 힘든 거대한 기계 장치 위, 열
명 가량의 사람이 서면 알맞을 법한 원판이 놓여 있었고,
그곳 한가운데에는 오준영이, 그 주위로 특수전대원들이
손을 맞잡고 서 있었다.

겉으로 보기엔 그저 눈을 감고선 여섯 명이 묘한 분위기
로 모여 있는 모습이었지만, 능력자인 우리들의 눈에는 다
른 게 보였다.

"상당히…… 강력한 정신 에너지의 파동이군."

"네…… 사실 거리를 이 정도 벌렸기에 망정이지 여기
서 열 발자국만 더 들어가도 호흡이 곤란할 만큼 강력한
정신 에너지의 집중 현상이 일어나고 있습니다."

"그런가…… 자넨 뭐하는 거 없나?"

그렇게 B팀의 리더에게 대충 설명을 들은 신의철은 나
를 보며 물었고, 나는 대충 아는 대로 설명했다.

"저 장치는 아마…… 특수전대원들의 정신 에너지를 모
으는 장치일 겁니다."

"에너지를?"

"네, 저 장치를 이용해 에너지를 모아 이세계의 침략자들을 상대로 싸운다고 했는데…… 사실 저도 본 건 처음이라서요. 게다가 오준영은 왜 저 가운데 들어가 있는 건지……."

"이세계의 침략자는 또 뭐야?"

나는 이 상황을 조금이나마 이해시키기 위해선 배경 지식이 필요함을 깨닫고, 신의철에게 예언의 서와 관련한 이야기를 알려 줬다.

그리고 이런 내 이야기를 흥미롭게 듣고 있던 신의철은 내 이야기가 끝나자 물었다.

"그것 참 재밌는 이야기군. 뭐, 어쨌든 그건 나중에 조사하면 되긴 하는데…… 저건 못 멈추나?"

"글쎄요. 한번 해 보죠."

그렇게 말하며 나서는 나를 보며 저곳에 진입하려 시도했었다는 B팀의 리더가 뜯어말렸지만 대충 몸이 튼튼하다는 둥 안심을 시키며 성큼성큼 정신 에너지의 밀집지로 진입해 나갔다.

'흠, 확실히 꽤나 압력이 강하긴 하군.'

내 몸 위로 전해지는 상당한 압력에 나는 잠시 헛숨을 들이켰지만, 그것도 잠시뿐이었다.

'아까 숨을 쉬기 어려울 정도라곤 했지만…… 사실상 정신 에너지는 특정한 목적을 가지고 형질을 변화시키거나 사용하는 게 아니라면 물리력을 행사하진 못해. 즉, 압력을 느끼는 것도 상대적으로 강력한 정신 에너지 앞에서 작은 쪽이 압박감을 느끼는…… 정신적인 부분이란 것이지.'

나는 정신 에너지의 물리력은 누군가가 직접 행사하기 전에는 생겨나지 않음을 상기하며 걸음을 다시 걸음을 옮겼고, 이내 몇 걸음 안 가 평소 훈련하던 모양대로 서 있는 특수전대원들 사이에 서게 되었다.

'흠, 일단 간섭을 좀 해 볼까?'

나는 왠지 훈련 때와 달리 훨씬 고통스러운 표정을 하고 있는 이들 중 적당히 두 사람 사이에 서서 각각 그들의 손목에 손을 대었다.

그러자.

쓰우우우우욱!

'에너지가 빨려 나가?'

나는 손을 잡자마자 느껴지는 강력한 흡인력에 의해 내 정신 에너지가 빨려 나감을 느끼며 눈을 날카롭게 빛냈다.

'훈련 내용대로라면 우리의 몸을 통해 순환시킨 에너지의 고리가 회전하면서 추가 에너지를 생산하고, 그 힘과 우리 힘을 같이 한가운데 모으는 형태가 되어야 하는데……'

하지만 지금 이건 그냥 맹목적으로 에너지를 빨아들이기

만 할 뿐, 훈련과 같은 점은 전혀 없었다.

아니, 같은 점이 한 가지 있다면 에너지가 한 장소에 모이고 있다는 점이랄까?

물론 그 장소가 허공중의 임의의 지점이 아니라 가운데선 오준영의 체내라는 점이 다르긴 하지만 말이다.

부들부들부들—

그때 나는 양손을 통해 느껴지는 양옆 사람들의 떨림을 통해 이들이 위험한 상태에 들었음을 직감했다.

'에너지의 소모가 너무 커. 규격외 능력자의 정신 에너지가 아무리 많다고 해도 이런 속도로 에너지를 빨렸던 거라면 이미 상당한 힘을 잃었을 거야.'

게다가 정신 에너지는 사람에게 있어선 반드시 필요한 것이니만큼 이게 자의도 아닌 타의로 고갈되는 것이라면 생명이 위독한 상황이었다.

즉, 당장이라도 이 현상을 멈춰야만 했다.

'이걸로 괜찮을까?'

나에겐 이 현상을 멈출 수 있는 특단의 조치이자 기술이 있었지만, 이걸 사용한다면 서로간의 정신 에너지가 마구잡이로 뒤섞인 상황에서 여기 있는 이들의 목숨을 장담할 수가 없게 된다.

하지만.

'어차피 안 해도 죽잖아? 그럼 1%라도 살 확률에 걸어

보는 게 낫겠지.'

정신 에너지가 이렇게 엉망진창으로 뒤섞인 사람이 살 수 있다는 얘기는 들어 본 바 없지만, 100% 죽는 것보단 99%확률로 죽는 게 조금이라도 희망적이지 않겠는가?

누군가 말했듯 확률이 존재한다는 것은 제로가 아니라는 의미였기에.

'간다!'

"비활성화!"

주변에 휘몰아치던 에너지의 폭풍이 그 자리에 멈춰 섰다.

그리곤 천천히, 자연스럽게 허공중에 녹아 흩어진다.

정신 에너지는 사람이 지닌 기본적인 에너지이기에 그들을 지배해 주던 지배력이 사라진 순간 자연으로 환원된다.

눈으로는 볼 수 없지만 느낄 수는 있었다.

나는 그 경이로운 장면의 한가운데서 그 모든 걸 감각으로 느끼고 있었다.

그리고.

"크으윽! 쿠웨엑…… 나, 나는……."

풀썩!

"어, 어어!"

"뭐해! 쓰러지잖아 가서 도와!"

"옛!"

입으로 한차례 피를 쏟아낸 오준영이 고꾸라지는 것을 끝으로.

나의 임무는 막을 내렸다.

6
에필로그

그날의 사건 이후 나는 일상으로 돌아왔다.

집으로 돌아오니 월세를 안 내 쫓겨났을 거라 생각한 방은 은빛이 손을 써 둔 덕에 여전히 잘 남아 있었고, 은빛은 방에서 기어 나온 나를 보며 눈물을 펑펑 쏟았다.

그런 그녀를 나는 꼭 안아 주며 집에 돌아왔음을 다시 느끼긴 했지만, 사실 은빛이 다 울고 나면 추궁할 것들에 대해 변명거릴 생각하느라 정신이 없었다.

뭐, 결과적으로 아무것도 묻지 않은 은빛 덕분에 헛수고가 되긴 했지만—대신 집을 나설 때 들고 갔던 이불을 기지에 그냥 두고 오는 바람에 이불을 잃어버렸다고 혼났다—그래도 준비한 변명거리는 부모님에게 써먹을 수 있었다.

그렇게 한 주가 지나 대학은 개강을 하고, 새로운 학기를 맞이하면서 나의 생활은 모두 정상으로 돌아왔다.

그리고 한창 중간고사 준비에 여념 없는 학교에 들이닥친 손님에 의해 나의 일상에 금이 가기 시작했다.

❖　❖　❖

"그러니까…… 저더러 지금 세계 일주를 하란 말입니까?"

"뭐, 어쩌겠어? 까라면 까야지."

"아니, 하고 많은 사람 중에 왜 하필 접니까?"

"그야, 거기 같이 가는 사람들은 너 말곤 감당도 안 될뿐더러 이번에 나타난 진짜 불의 규격외 능력자가 아직 초등학생이잖아. 불의 규격외 능력자 선배로서 잘 가르쳐 줘야지. 그리고 무엇보다 그쪽에서 네가 아니면 같이 안 간다고 한다니까?"

나는 웃음을 참느라 떨리는 입술로도 용케 말은 똑바로 하는 이선영 본부장을 보면서 크게 인상을 찌푸렸다.

"다시 한 번 말씀드리지만 전 불의 능력자가 아니라고요. 무엇보다 그건 전 인류를 위한 일 아닌가요? 그렇게 중요한 자리에 달랑 일곱 명을 보내다니……!"

"에이, 무슨 말씀! 안내인까지 포함 여덟 명이야."

"그게 그거잖아요!"

나는 이 불합리한 주장에 맞서기 위해 당장 신의철에게 전화를 했지만, 이 인류 구원의 길에 동행할 단 두 명을 얻었을 뿐이었다.

재밌겠다며 따라오겠다는 신의철과 또 사장 대리로 일시키면 사표를 쓰겠다는 김서영 비서…… 이렇게 둘을 말이다.

"크흑, 젠장!"

나는 자리에 주저앉으며 잔혹한 현실을 부정하고자 했지만 현실은 말 그대로 현실이었다.

"호호홋! 은빛이는 걱정 마! 우리가 잘 지켜 줄 테니까!"

"그런 문제가 아니라고요!"

나는 왜 지구가 멸망할지도 모르는 마지막 순간까지 이렇게 일에 치여 살아야 한다는 말인가?

게다가 잘못하면 인류가 멸망할 만큼 위험 부담은 이렇게 큰 데, 위험 수당은 쳐 주지도 않다니!

'그리고 인류가 정말 멸망하면 은빛이도 더 이상 못 보는데…… 죽기 전에라도 실컷 봐 놔야 하는 거 아니야?'

꽤나 부정적인 마인드에서 비롯된 암울한 미래를 준비하는 생각이었지만, 만일 정말 그런 미래가 펼쳐진다면 나로선 포기할 수 없는 부분이었다.

"오빠! 무슨 일이야?"

"어? 은빛아, 수업 끝났어?"

내가 쭈그리고 앉아 있는 사이 어느새 다가온 은빛이 나를 불렀다.

"호홋! 글쎄 태일이가 이번에 회사에서 능력을 인. 정. 받. 아. 출장을 가야 하는데, 못 가겠다고 떼를 쓰지 뭐니?"

"에엑? 진짜야?"

"아, 아니 그게……."

나는 이글이글 타오르는 눈으로 나에게 얼굴을 들이미는 은빛을 보면서 무언가 변명거릴 찾아 헤맸지만, 이 부분에 있어선 이선영 본부장이 더 빨랐다.

"게다가 이번에 다녀오면 정직원 되는 건 확정인데……."

그 말이 결정적이었다.

"오빠!"

"으, 응?"

"그거 다녀와."

"은빛아……?"

"요즘 취업하기도 얼마나 어려운데! 오빠 이제 이번 학기만 지나면 4학년이야! 알지? 이제 취업해야지!"

"그, 그치만…… 이걸 다녀오면 아마 내년에도 3학년일 거 같은데……."

이선영 본부장으로부터 들은 대로라면 아마 이번 학기는 등록금 반환을 받게 될 가능성이 높았다.

"흥! 난 직장 있는 남자한테 시집 가고 싶은걸!"

"으, 은빛아⋯⋯."

'나 이미 그 회사 정직원이야! 빼도 박도 못하는 몸이라고!'

차마 입 밖으로 내뱉지 못한 말이 목구멍을 맴돌았지만, 초인적인 인내력으로 이를 참아 냈다.

다만 다른 걸로 말을 이었다.

"그럼⋯⋯ 만약 내가 출장을 가면 굉장히 오래⋯⋯ 어쩌면 군대 다녀오는 것보다 오래도록 못 볼 수 있는데 기다려 줄 수 있어?"

진지한 얼굴로 묻는 내 모습에 은빛의 눈동자가 잘게 떨리는 게 보였다.

그리고 마치 그런 걸 상상이라도 한 듯 금방 울상이 되어 눈물이 그렁그렁한 얼굴이 되었다.

그 불쌍한 모습에 당장이라도 껴안고 아니라고, 괜찮다고 토닥여 주고 싶었지만, 만일 정말로 일이 잘못되면 겨우 몇 년 못 보는 게 아니라 영영 못 보게 될지도 몰랐기에 나는 표정을 풀지 않았다.

이런 내 태도가 낯선 탓일까?

은빛은 한참을 심사숙고하는 듯 고개를 푹 숙이고 있다가 마침내 고개를 들어 말했다.

"그렇담 나는 오빠가 가지 않⋯⋯."

절레절레—

느껴졌다.

이선영 본부장이 은빛을 향해 고개를 흔드는 것이.

그것도 내가 한 말이 아주 가소롭고 우스운 일이라는 듯한 태도로.

"……지 않고, 그냥 다녀왔으면 좋겠어!"

"……."

"호호호홋! 결정 났네!"

그렇게 나의 세계 일주는 결정되었고, 일주일 뒤 일본 후지산 한 귀퉁이에 서 있는 나를 발견할 수 있었다.

"하…… 내가 왜……."

"야! 신태일! 거기 게으름 피우지 마!"

나는 릴리아나의 외침 속에서도 어슴푸레한 아침이 다가오는 하늘을 바라보는 걸 멈추지 않았다.

그 결과.

"이 바보야! 너 땜에 나이트 메어 녀석들 놓쳤잖아!"

"그게 왜 나 때문이야? 어차피 해 뜨면 다 없어지는 놈들이잖아!"

"후후, 태일 씨. 릴렉스, 릴렉스! 은빛 씨랑 어제도 영상통화 했잖아요. 아, 혹시 너무 오래 직접 못 봐서 그런 거면 제가 한국을 떠나기 전에 은빛 씨 서랍에서 훔쳐 온 팬티가……."

나는 일본 현지에서 합류한 미오가 품속에서 하늘하늘한

레이스가 달린 팬티를 꺼내는 것을 도로 품속에 쑤셔 넣으며 다시 한숨을 쉬었다.

'왜 하필 또 나이트 메어야?'

그날의 사건 이후 예언의 서는 한국 히어로 컴퍼니에 의해 회수되었으며, 수많은 학자들과 연구원들이 연구한 결과 분명한 진품임이 밝혀졌다.

그 결과 인류의 멸망이 반년밖에 남지 않았다는 충격적인 사실에 전세계 히어로계가 들끓었고, 순식간에 불의 규격외 능력자까지 찾아내 섭외했으며, 이미 어느 정도 수준까지 왔는지 짐작조차 되지 않는 오버테크놀로지를 사용해 정신 에너지 집중 장치를 휴대용으로 개량하기까지 했다.

이런 사실을 알면 이 모든 것을 위해 십 년 세월을 바쳤던 오준영이 땅을 치고 통곡할 일이지만, 그는 지금 히어로들을 상대로 수감하는 특수 감옥에 갇혀 이제 곧 세상이 멸망한다고 하루 종일 헛소리만 하고 있다고 하니 그럴 일은 없을 것이다.

그리고 마지막으로 그들 연구원들이 밝혀 낸 것은 굉장히 충격적인 사실이었다.

이계에서 건너오는 침략자들이 이곳으로 오기 위해 에너지를 모으고 있는데, 그 에너지를 모으는 수단이 바로 나이트 메어들이었다는 것이다.

이를 통해 나이트 메어가 인간들의 정신 에너지를 왜 모으는가에 대해 열띤 토의를 벌이던 이들이 입을 다물게 되었고, 내가 예전에 보았던 나이트 메어 무리 속의 검은 고치는 에너지를 담아 옮기는 일종의 캡슐 같은 것이었음이 밝혀졌다.

그렇게 중요한 연구들이 끝나고 이계의 침략자들을 맞상대할 방법에 대해 궁리하던 어느 날 한 연구원이 이런 말을 했다고 한다.

—그냥 에너지를 더 이상 모으지 못하게 하면 안 되는 건가요?

그렇게 시작된 나이트 메어 추격전은 전 세계 곳곳에서 에너지를 흡수하는 통로를 발견해 내게 했고, 예언의 서에 나온 5대 원소의 능력자가 필요한 곳이 바로 이곳임을 알 수 있었다.

물론 예언의 서에는 이계의 침략자를 상대한다라고 되어 있었지만, 이것도 일종의 싸움 아니겠는가.

게다가 그들이 나타날 수 있을 법한 예상지는 정말 수도 없이 많아서 만약 그들의 침략이 시작된다면 원소 능력자 다섯이서 상대한다는 것은 말도 안 되는 일이었기에, 미리 찾아가서 통로를 봉쇄하는 쪽으로 의견이 모아졌다.

그 결과.

"어? 형! 저거 통로 아니에요?"

"엥?"

이 넓은 설산을 제 집 안방마냥 뛰어다니던, 이번에 새로 합류한 불의 규격외 능력자 초딩의 외침에 모두의 시선이 모였다.

"어? 진짜네?"

"와, 이렇게 생겼구나."

해가 뜨면서 조금 흐려진 것 같았지만, 시커먼 생김새와 어째선지 해가 떴음에도 사라지지 않은 예전에 본 그 고치들은 그게 무엇인지 명백하게 알려 주고 있었다.

"일단 이 고치들부터 파괴하자."

굳이 에너지를 더 줄 필요는 없는 일이었기에 고치는 파괴하기로 결정하고, 그건 씩씩거리던 릴리아나의 손짓 한 방으로 해결되었다.

그리고.

"그런데…… 이걸 어쩐다?"

"이거 어떻게 막는 거죠?"

"부술 수 있는 건가?"

모두들 한참 고민을 해 보고 혹시나 싶어 정신 에너지 집중 장치를 통로에 사용해 보기도 했지만 아무런 반응도 보이지 않았다.

이 비상 사태에 대해 같이 따라온 자칭, 타칭 천재 신의철의 의견도 구해 보고, 세계의 각 히어로 컴퍼니 지부들에도 연락해 봤지만 대답은 하나, 모른다였다.

그렇게 통로를 없애는 방법에 대해 고민하며 시간은 흘렀고 어느덧 저녁이 되었다.

"어, 저 녀석들 오네?"

어디선가 꾸역꾸역 나타난 나이트 메어들이 통로 앞에 자리를 깔고 있는 우리 앞에 섰다.

그리곤…….

"얘들 우리 눈치 보는 거냐?"

왠지 눈치를 보는 듯 주춤거리던 나이트 메어 중 한 마리가 잠시 한눈을 판 사이 순식간에 달려가 통로로 뛰어들었다.

그러자 통로의 범위가 아주 조금 커지면서 색이 조금 짙어졌다.

"저렇게 에너지를 빨아 들이는군……."

우린 감각으로 통로가 에너지를 먹어 치우는 과정을 면밀히 관찰했다.

하지만 그런다고 해서 달라지는 것은 전혀 없었다.

"혹시 그냥 우린 다른 차원에서 녀석들이 건너 올 때까지 기다렸다가 싸워야 하는 거 아니에요?"

"정말 그런 건가?"

어쩌면 그럴지도 모르겠다는 생각이 들었다.

그렇다면 지금 우리가 이걸 막겠답시고 이러고 있는 것 자체가 시간 낭비리라.

나는 지금까지의 고생이 헛고생이었다는 것에 짜증을 내며 이런 와중에도 꾸역꾸역 정신 에너지를 빨아들이는 통로를 향해 신경질을 부렸다.

"이놈은 이런 상황에서도 에너지가 들어가냐?"

뭐, 생각해 보면 안 들어갈 이유가 뭐가 있겠냐만은, 나의 소중한 시간을 낭비하게 된 것에 대해 짜증이 난 상태였기에 별로 이성적인 판단을 하고 싶지 않았다.

"옛다. 먹어 봐라! 비활성화!"

슈우우우욱―!

"……."

"……."

"……."

"어라?"

내가 통로 주변의 에너지를 비활성화시켜 버리는 순간 순식간에 자리에서 사라져 버린 통로가 있던 자리를 바라보며 모두가 멍청한 표정이 되었다.

"지, 진짜 없어진 건가?"

우리는 설마 하는 표정으로 주변 눈밭을 파헤쳐 보기도 하고 있던 자리를 꼼꼼히 탐색해보기도 했지만…….

"야, 쟤들 봐라."

우왕좌왕.

장목영이 크게 당황한 듯 우왕좌왕하는 아직 통로에 들

어가지 못한 나이트 메어들을 보면서 확신했다.

"없어졌다."

"없어졌네."

"그렇네."

"……."

그리고 동시에 모두의 시선이 나에게 모였다.

"예언의 서…… 조건만 충족되면 과정은 어떻게 되든 결과가 나온다고?"

"그래, 그런 의미였군."

"우리가 존재한 이유는 그저 이 녀석을 여기까지 끌고 오기 위함이었단 말이지?"

왠지 위험한 분위기를 풍기는 시선에 나는 불안감을 느꼈지만, 내가 뭐 잘못한 게 있던가?

나로서도 억울했다.

어떻게 보면 나도 피해자가 아닌가?

"오랜만에 의견이 다들 맞는 거 같은데……."

"그런 거 같네요."

"좋아! 몸 좀 풀어 볼까?"

"자, 잠깐!"

천천히 내게 다가오는 검은 그림자들을 보면서 내가 뒷걸음질 치는 이때, 그들 틈새에서 유달리 반짝이는 은색의 봉이 튀어나왔다.

"내가 먼저다!"

"나부터다!"

"흐아아앗!"

"자, 잠깐! 내 말 좀…… 젠장! 이렇게 된 이상!"

쾅! 콰과광!

쫘르르릉!

쫘광!

그렇게 우리는 '후지산 대폭발'을 신문 일면을 장식시킬 수 있었다.

⁂   ⁂   ⁂

그로부터 4개월 뒤.

인천 국제공항.

수많은 사람이 오고 가고.

수많은 사람들의 만남과 이별이 모이는 이 장소에서 흔하되 흔치 않은 만남 장면이 펼쳐졌다.

"오빠아아아아!"

"은빛아!"

족히 190센티미터는 되어 보이는, 대충 보기에도 엄청난 몸의 소유자인 거구의 사내와 그의 가슴팍에 간신히 닿는 여자의 만남은 그 기묘한 조화가 많은 이들의 눈길을 이끌었다.

　물론 예쁘게 생긴 여자의 얼굴이 가장 큰 이유이긴 했지만.

　어쨌거나 이들의 만남은 분명 특별했다.

　그도 그럴 것이⋯⋯.

　"오빠, 일 끝났어?"

　"아니, 아직."

　"엑? 근데 왜 들어왔어?"

　"왜긴⋯⋯."

　남자가 비장한 눈빛으로 품속에서 이체 비밀번호를 잊어
버린 통장을 꺼내 들며 말했다.

　"등록금 내야지."

〈『지금 우리 동네에는』 完〉

http://www.bbulmedia.com